不再討厭的
孤獨

孤独を生ききる

瀨戶內寂聽 著／呂平 譯

前言

人類自始至終都是一種孤獨的動物，古稀之年的我對此堅信不疑。

在我看來，我們有時並不會產生孤獨的感覺，那只不過是因為我們沒有意識到這種孤獨的存在，或者是雖然意識到了，卻因為恐懼而本能地轉移了視線，再或是為了從孤獨這種無可挽救的絕望感中逃離，而把希望寄託在友情、愛情、夫妻之愛等等之中，僅此而已。

每個人的孤獨都有各自的特點，無論是性質還是表現形式都不盡相同。即便如此，造物主還是讓上至王公貴胄下至平民百姓，都平等地承受了孤獨的消磨。

既然我們無論如何都無法斬斷和孤獨的孽緣，倒不如別再白費力氣想要從中逃離，索性把孤獨當成皮膚上新生的另一層無法剝離的皮膚，謀求一種在死亡之前都與之共生共存的和平共處之道，這也不失為一種明智的選擇。

不知從何時開始，孤獨便融入了我的血液，時至今日，它已經成了我不可或缺的伴侶，甚至是值得依靠的夥伴。

即便有愛相伴，孤獨還是如影隨形；哪怕融入人群，孤獨依然不離不棄。無論是青蒽少年還是耄耋老者，都不過是孤獨的存在。

不論是在前來寂庵和天臺寺的人之中，或是在收到的信箋裡，拋淚灑泣的例子屢見不鮮；也有一些人因為不能承受孤獨之重，無論怎樣鼓勵、安慰都無濟於事。

送走黑髮人的白髮人，到頭來還要在自己的孩子之前飽嘗種種孤獨之苦，這種斷腸之痛又何以言說呢？

聽聞罹癌的宣告，斷絕雜念聽憑治療卻依然無法得到能夠治癒的確切保證，病人日思夜慮不堪孤獨，我們這些健康人又何從體會？

孤獨是普遍存在的，同時也極具個性。我們每個人都應該正視孤獨、凝視孤獨、把握它的性質、繼而找到馴服它的方法，除此之外我們別無選擇。

透過這本書，我希望能夠和那些雖然已經意識到了自己的孤獨，但卻苦於接受它的讀者們共同交流一下經驗。這就是我創作此書的初衷。

同為天涯孤獨人。那麼，從今天起，就讓我們攜手共進。

願你的孤獨融入我的孤獨，由我來將它吸收殆盡吧！

瀨戶內寂聽

目錄

第一夜　所謂孤獨

在月明之夜

歡迎光臨。今晚恰逢滿月，夜色怡人。在當空皓月的柔光下，前路也顯得甚是光明。在這樣的令人沉醉的夜晚，即便是獨自一人漫步在嵯峨野，想必也不會覺得害怕吧。

在我看來，嵯峨野的月夜堪稱日本第一。

這些年來，身為旅行愛好者的我曾遊歷過數不清的地方，也曾在世界各地無數的角落留下了仰天望月的身影。然而，縱然我閱月無數，卻依然感到嵯峨野月夜的至高地位無可撼動。

每逢結束在國外的旅行，好不容易才回到寂庵門前的時候，憑門望月才能讓我鬆一口氣：啊，終於回來啦！

在絲綢之路的某個小鎮、法國的某處溪流、印度的某個湖泊，我也曾見過類似的月。而現在觸景生情，那些異國賞月的記憶便像播放電影似的嘩啦嘩啦地浮現在我的腦海。

在旅行地，每個夜晚我都會仰頭望月，心想此時的嵯峨野肯定也籠罩著同樣的月色，繼而對寂庵的靜寂不勝思念。

異鄉之夜仰望月，身姿如故未曾變，月是京都故鄉明。

每當出門在外，我便會時常想起西行禪師的這首和歌。同一輪月亮，卻會引得無數人從世界的不同角落仰頭眺望，由此想來，冥冥中便會產生一種不可思議的神祕感。然而我們都最終會習慣於這種神祕感，總有一天，我們也會把它當成是司空見慣的存在。

在碌碌人生之中，我們只顧為應付生活而疲於奔命，往往卻錯過了許多風景。對待自己的心，大抵也是一樣吧。

古往今來，月亮自始至終都在天空劃著虛空的舞步，看上去真是孤獨啊。作為一顆獨自運行在虛空的恒星，太陽和月亮有些類似，但它那過於刺眼的光芒卻讓人不敢直視。

而月亮就不同了，它那柔和的月光總是吸引著我們的視線，在每個寂寥的漫漫長夜，仰視它的人兒總忍不住想要對它詠歎孤獨之歌。

極目遠眺，心中的苦楚一如這澄澈秋夜裡清冷的月亮。

這是西行《山家集》中的月之歌。

今晚我們可是約好了，要談一談人類的孤獨。

那麼，就先從我說起吧。

這個觀月臺，是我在這個寂庵唯一的奢侈物，是我當年建造寂庵的時候請求木匠在庭院裡搭建起來的。月色撩人的夜晚，將電燈完全熄滅，哪怕一盞孤燭也不留，就著月光做一個賞月架，在裡面插上野花，供奉上親手製作的月見團子，獨自欣賞這清冷的月光。

我時常被人問起，你孤家寡人的，難道就不感到孤獨嗎？

我五十一歲出家為尼，在此之前疲於人生之累，飽嘗孤獨之苦，有時甚至會冒出乾脆死了一了百了的念頭。

現在細細想來，那種近乎空虛和狂躁的狀態還真是恐怖呢！

然而出家以後，我漸漸地發現，曾經那般強烈的孤獨感已在不知不覺中離我遠去。

況且遁入佛門的我一直深信佛祖與自己同在，所以便不再感到像此前那般孤獨難耐了。但若是說現在的我一點都不感到孤獨，那恐怕是騙人的。

當然，無論從質上來說還是從量上來看，二十六歲的你的孤獨和六十九歲（當時是一九九一年）的我的孤獨肯定是不一樣的，這也是理所當然的。然而，我們卻共同擁有著「孤獨」這個殊途同歸的宿命，因著這個緣分，我們大概是能夠相互理解的，對於這個話題也能夠擁有共同語言。

孤獨到底是什麼呢？不管進入到了什麼樣的人生階段，人們總是禁不住駐足嗟歎、上下求索。

生是一個人來，死是一個人去

我非常喜歡一遍上人的一句法語語錄，並把它視為自己的座右銘。

一遍上人是鎌倉時代的僧人，主張念佛勸進，宣導一種認為透過阿彌陀佛的誓願一定能夠普度眾生、永登極樂的新佛教。他在全國各地行腳，巡迴說法，是時宗的開山鼻祖。

那句深得我心的佛語便是：

「生是一個人來，死是一個人去。哪怕與人相伴也難逃孤獨之苦，因為無人陪你直到終老。」

這句佛語之前的是：

「世間萬事皆可棄，唯有孤獨伴殘生。」這也是一遍上人臨終時的法語。

人在本質上是一種生來孤獨的存在，這便是這句佛語的內涵。

「人在出生時是一個人來，在死亡時也是一個人去。即便和其他人共同相處也還是孤身一人，因為在死亡降臨時無人陪你同去。」

「即便和其他人相處一起也還是孤身一人。」初見這句法語，我便被深深地打動了，從此便再難遺忘。所謂「同去」，一般是指夫婦二人白頭偕老、偕老同穴，意為夫妻之間愛情長久，一起變老，而且死後也葬在同一個墓穴。然而一遍上人卻把這美好的願望給完全否定了。

到了最後，不管是感情多麼深厚的夫妻、父母子女，再或是兄弟，都不會同時離世，而去「同去」的願景壓根就不會實現。

生是一個人來，死是一個人去，如是而已。即便是雙生子，在出生時也是先後有序。就算是再彼此深愛的夫妻、戀人，他們也不會在同時同刻死亡而去。

總有人先一步死去，總有人多一分殘喘。就算兩人相擁殉情，說不定只有自己殉情失敗，也可能是對方得以倖存。哪怕是做好了一起上吊的打算，卻也說不準自己會意外脫繩繼而苟延殘喘。大抵對方都是做好了和自己共同赴死的打算，但逝者卻永遠都無法還魂確認了。

在《大藏經》裡，也做了「獨生獨死獨去獨來」的記載。

獨自一人降臨世間獨自一人面對死亡，這就是造物主安排給人們的紅塵宿命。因此從出生那刻開始，去除妄念、牢記這點便是明智之舉。可即便如此，人們還是會孤獨難耐，本能地迴避問題，不敢承認。

孤獨是心靈的故鄉

人是孤獨的，所以才會手把手、肌碰肌地相互取暖。心與心之間也需要交流，因而尋找一個合適的交流對象便列上了需求清單。我們渴望尋到一個理解自己孤獨的人，這樣，孤獨之苦便有人分擔了。

從「人」字的結構構成來看，是一撇一捺相互依偎的形象。再往深處想一下，這個象形文字不正說明了人類生來孤獨的宿命嗎？從這個字的象形形象推來，生而為人，不管是身體還是心靈，要是缺少與他人的交流和接觸，恐怕都會活不下去吧。

「人」這個詞通常泛指人類，個人只不過是生活中人類大家族中的一員，在人與人的交際中繁衍生息。然而，人，卻依然是個孤獨的存在。

有個詞，叫同床異夢。不管彼此如何深愛，即便在同一張床上相擁而眠，兩個人也不會擁有同一個夢境，而是各做各的夢、不踏足對方夢境半步。這種情形，也是我們所說的一種孤獨。

如果你覺得自己並不孤獨，那麼這也只不過是一種幻覺。

孤獨是寂寞的，這也是理所當然的事情。因為身處寂寞，便能體會他人的寂寞之情。因為自己飽嘗寂寞之苦，便會不自覺地由己及人，心想別人是不是也在渴望能有個人傾訴，如此一來，對對方的同情便油然而生，既而漸漸理解，最終愛由心生。這個愛，指的是同情、體諒之心。

對自己的孤獨確實無感的人，便也確實是個對愛無能的人了。這種人認為自己對自己是真愛，實際上卻是一種錯覺，他所認為的那種真愛事實上只不過是個冒牌貨。

從出生的那一刻開始，人便踏上了孤獨的漫漫之旅，此後直至終老，便一直不能從中踏出半步。我們應該認清這個事實。

聯想一下生活在母體之內的胎兒，是不是自己的雙手緊緊地抱住蜷曲的雙膝、頭顱低垂觸膝的形象呢。

這個形象，看上去是多麼的孤獨啊。人在娘胎裡時便是如此孤獨的存在，想必親眼見識過的人都會產生此般領悟。所以在一個人真正感到孤獨難耐時，便會不自覺地蜷縮成胎兒般的悲傷形象。

小說家坂口安吾有句名言：「孤獨是人類的故鄉」。說的大抵是如此吧。

不被人理解的孤獨

心理學家榮格曾在他的自傳裡提到：

「所謂孤獨，並不是因為身邊沒有他人才會產生，而是因為自己看重的事情卻無法向他人傳達，自己持有的觀點不被他人接受，如此而來。」

自己的想法得不到他人的理解，個人的思想始終與周圍的人相悖，對於別人的思想也無從領會。這種時候，就會感到孤獨吧。

我們生活在這個社會之中，和獨自一人生活在孤島上的魯賓遜並不相同。和與世隔絕、獨自一人在深山修行的苦行僧也不盡一樣。

像我們這種普通人，都生活在由許許多多普通人構成的社會之中。因此，作為生活在人類社會中的一員，是不可能體會到榮格所說的那種因為自己周圍沒有他人存在才會產生的孤獨的。

相反，我們還時常身處人群之中。家庭生活有家人相伴，來到學校有同學相陪，到了公司有同事做伴，就連去車站也有一大群路人在自己周圍行色匆匆。就這樣，我們時常被淹沒在人海之中。

因此，我們並不能說，感到孤獨是因為身邊沒有其他人的存在。對自己而言重要的想法無法向他人傳達，這種情形我深有體會。

舉個例子，波斯灣戰爭爆發時，我曾參加過反對戰爭的絕食抗議活動。在這為期七天的絕食期間，我祈禱戰爭能夠馬上結束。作為市民，我覺得自己應該為阻止兩國之戰做些什麼，也衷心為自己力量的綿薄而感到遺憾。然而，我畢竟是一名佛教徒。身為佛教徒，我有義務去謹遵釋尊「不殺生」的戒律。

在感嘆力量薄弱的同時，我依然下定決心去情願。可是作為一個五十一歲出家、時年六十九歲的道行尚淺的修行者，我請願的力量可想而知。然而當時我卻高估了請願的力量，甚至還因此做好了豁上性命的準備。也正因此，我才動了絕食抗議的念頭。

對我而言，波斯灣戰爭不僅是對岸的戰事，也是事關我自己生活理念的問題。生活在同一個時代，同為地球人，我和當時爆發的伊拉克戰爭並非毫無關聯。生活在那裡的人們連日以來飽受恐怖襲擊的狂轟濫炸，我對他們的恐懼感同身受。在經歷了一段心無寧日的心路歷程之後，我決定開始絕食請願。

「幹得好！我和你想的一樣，這場愚蠢的戰爭就不該再讓它進行下去。」我收到了許多諸如此類充滿激勵的電報和信箋。然而另一方面，「你就是海珊的間諜走狗吧！」「別再做這種沽名釣譽的舉動了！」「什麼？那個人居然做出如此奇怪的舉動，真是個傻瓜！」這類似的威脅和謾罵也一湧而來。

能夠得到別人的理解，我並不感到孤獨。然而，我卻難以想像那些不知情的人，甚至是我身邊的朋友，他們竟然也會侮辱我、攻擊我。啊，他們為什麼就不能理解我的心意呢，我百思不得其解。那些從前和我親密交往的人啊，你們現在都做了些什麼？一種空虛之情湧上了我的心頭。

那時，我便深深領悟了榮格所說的「自己看重的事情卻無法向他人傳達」的孤寂之感。

出家的時候也是如此。

當時的我姑且也算是過著作家的生活，早在兩年前就開始連載小說了。身為一名流行作家，一天到晚我都為了工作忙不勝忙。憑著自己的收入，我能買到喜歡的物品，吃想吃的美食，想去哪裡旅行便能到哪裡去。換句話說，我過著隨心所欲的生活。

在外人看來，我可能過得還算奢侈。然而在我的心中，無以言說的空虛之感卻與日俱增。

活了五十多歲，我的生命歷盡了萬水千山。我擁有比常人更強烈的人生體驗，遭受了多於常人的苦楚、甚於常人的歡樂，以及烈於常人的愛情體驗。這麼說來，我還剩下了些什麼呢？社會賦予我的虛名，一點點金錢上的餘裕，自己寫的幾本書籍……不僅僅是這些，還有無以言說的徒勞。

徒勞是剝奪人生意義的罪魁禍首。我甚至開始產生了這樣的一種心緒，那就是該看的東西都已經看完了，而對死亡的憧憬反而越來越強烈。

懷著這樣的心情思來想去，我時不時地產生這樣的念頭：假如我就當自己已經死了，是否就能重走一段完全不一樣的人生之路呢？因此，我便對外宣稱自己想要出家，想去過一種日本古人般的返璞歸真的生活。

隨著時間的推移，我終於等來了時機成熟的這一天，削髮為尼入了天臺宗一流，完成了皈依佛門的蛻變。

然而在當時，我卻始料未及地受到了平日裡關係非常要好的作家朋友們的反感和責難。

當這種聲音傳到我耳朵裡來的時候，我到底還是感到有些驚訝。

事實上還感到有些孤獨。然而沒過多久我便釋懷了，因為我開始意識到，畢竟出家之類的事情完全就是個人的私事，要想讓別人也能對此感同身受，這個想法本身就太過天真。

不管在自己看來是多麼重要的一件事，到了別人那裡大抵也是無關緊要的，這種心情也算是人之常情。所以，即便時至今日，要想讓別人輕而易舉地就能了理解「出家」

之類離經叛道的行為，這本身就是一個錯誤。

在出家的剃度儀式上，在削髮之前，戒師曾對我口授「辭親偈」的心訣。請讓我來闡述一下這首辭別親人的心訣吧。

「流轉三界中」
「恩愛不能斷」
「棄恩入無為」
「真實報恩者」

這是一首佛教的詩歌，意思是說，我們這些誤入紅塵的凡人，總有和他人斬不斷理還亂的情愛，而只有徹底捨棄這些人際關係的恩怨情仇、遁入無為之境，我們方才能夠真正實現報恩。

所謂出家剃度，就是說要拋卻紅塵的一切情愛、父母子女之愛、夫妻之愛、友人之情等等等等。

坦白來說，我在出家時可沒有這麼高的覺悟，之所以選擇出家剃度，是因為實在受不了這磨人的孤獨之苦了。

這麼一來，我再去抱怨別人不理解自己的出家行為，從一開始就已經錯了吧。

對於那些尚未徹底陷入無可自拔的孤獨之中的人們，也便談不上真正的營救吧。

說到這裡，我們的話題也進入了瓶頸。

明月當空，今夜的月兒還真是清朗怡人呢！

西行的孤獨，宛若孤松

在二十三歲那年，西行便遁世出家了。從那時起，他便開始到高野山修行，長年遊歷在外。他的腳步遍及了都城的每個角落，身影也時常出現在吉野和伊勢的草堂。直到圓寂，他都一直過著一種關起門在草堂修禪、打開門去行腳旅行的生活。

這個盤踞在小倉山麓的嵯峨野，恰巧就在寂庵附近。西行在出家前俗名叫佐藤義清，是當時鳥羽院的北面武士。這個年輕的武士十分了得，不僅弓術、馬術超凡脫俗，還很擅長蹴鞠，禮儀大方得體就不說了，就連詩歌也很拿手。能被選為北面武士的青年，個個都是出身優越，容貌俊美。

佐藤家也不例外，在當時也是個擁有良田萬畝的富裕世家。想當年，已經結婚並育有一女的西行突然決定出家，在當時可以稱得上是個受人關注的勁爆新聞了。

既然是遁世生活，那麼自然就是一個人獨自生活了。遁世的西行在感到孤獨時，便以自然為友，時常還將難耐的寂寞詠歎成自己喜歡的歌謠，以物傳情。

比如說，他看見月亮時，便詠歎出了這類似的俳歌：

灑在孤單草堂上的月光喲，就像我在山裡的友人。
人影在月下交疊，倘若有人能陪我一起賞月該有多好啊。

孤身一人居住在草堂的西行，孤獨因夜月的存在而得以稍稍消解，開心之餘卻發現孤零零的草堂中便只有自己的身影同自己一起欣賞這如瀉的月光，心想要是能有人和自己一起賞月就好了。

用平靜的語氣詠歎出孤獨的感傷，這便是西行俳歌的風格吧。西行將自己遁世閒居的難耐孤獨寄情於詩歌，讓孤獨完完全全地客觀流露，這樣，不僅孤獨的感情得到了昇華，就連他自己也從中得到了解脫。

在西行看來，詩歌對孤獨的治癒功效已然超出了佛法和自然力量之外，是他不可多得的朋友。

無論何時何地，月兒總是皎潔無暇。而我的心又何去何從呢。

承受孤獨的時候，獨自一人仰天望月，自己的心兒也漸漸變得如皓皓明月一般澄明。人月交融，宛若一體。上述詩歌所表達的便是此般朦朧恍惚的心靈狀態。在這種情形下，閒居生活的空虛寂寞給他帶來了心靈的平靜，上面的詩歌便是個很好的例子。

月朗星稀秋來到，厭世煩事無煩惱。
若非此身居於世，何來明月伴終老。

在這紛擾的俗世，卻也擁有著月兒澄明的秋日，若非還在這世上苟延殘喘，恐怕也見不到今天這樣的月吧。這首詩歌說的便是這般銘刻於心的感悟。類似的詩歌還有：

世事紛擾無牽掛，秋日明月寄吾心。
終日留戀不知返，唯有對月覓知音。

西行在出家以後，時常將草堂大門緊閉，外出禪遊，雖然身心感到孤獨，但同時也開始有了享受孤獨的傾向。

在這冬日的荒山野嶺，和我一樣不堪孤獨的大有人在，但我還是選擇與草堂為伴過冬。

獨守松山為異客，荒山冬日倚獨眠。我道蒼涼為客吟，只道此心居深庵。萬萬沒想到啊，上了年紀以後便再也沒有了夜行中山道的心思。這難道就是命中註定的麼。

這三句詠歎孤獨的詩歌可以稱得上是西行的絕唱吧，我個人也非常喜歡。現在到了回家的時間了嗎？民宿夜晚關門的時間馬上就要到了，請大家回家的路上注意安全。明天晚上，我將依舊在這裡恭候大家的光臨。

第二夜　邂逅孤獨

愛與心皆無常

歡迎光臨。昨晚你睡得還好嗎？那家民宿地方雖小，卻能帶給人家一般的寧靜體驗，你覺得呢？因為老夫婦待客熱情，所以民宿便招來了很多回頭客。阿婆燒得一手京都風味的家常菜，美味非凡，受到了大家的一致好評。

昨夜皓月當空，天空是難得的清朗，不曾想今晚卻是烏雲密布，把月的光華遮了個嚴嚴實實。

然而我想，在那厚重烏雲籠罩的天空，今晚的月依然是一個人劃著孤單的舞步吧。對於月的孤獨，我也深有同感。就像前面說的那樣，如果你也曾親眼目睹過昨夜月的靜謐光華，想必現在仍然歷歷在目吧。

人與人之間的關係大抵也是這樣的吧。

我們在現實生活中邂逅、凝視彼此的容貌、親密接觸，繼而共話家常。然而分別後，即便對方已從眼前消失不見，可我們在驀然回首時，眼前卻依然會時不時地浮現出對方在不同時地的舉止、表情、言語。這種記憶猶新的感覺，仿佛一直以來對方都在自己身邊，從未走遠。

因此，我們便產生了一種錯覺，妄想眼前所有的種種都會一直持續下去，直到未來。然而我們卻連即將會發生什麼都無從知曉。

就像在島原雲仙休眠了二百年的普賢岳，突然有一天便火山噴發了；正如燃燒了七十年的蘇維埃共產主義，猝不及防地便土崩瓦解了。明天會發生什麼，我們誰都無從得知。哪怕是下一秒即將發生的事情，對現在我們而言，也是個未知數。通常，時間的萬事萬物都處於不斷的變化之中。就像我們從降生的那一刻開始，直至踏進墓穴之前，都在一天天地變化、衰老。

佛語中有個「無常」，便將上述現象闡述得十分到位。這個世界上發生的一切都處於不斷的變遷之中，無時無刻不在發生變化。心也如此。

人與人之間的關聯、交集，以及愛，也處於無常之中。就拿結婚儀式來說，不管是在日本傳統的神道儀式上，還是在寺廟的佛教儀式上，亦或是在基督教的教堂儀式上……新郎新娘總是在神佛面前信誓旦旦地起誓：夫妻恩愛，永不變心。然而，世界上連年上升的離婚率無不說明，這僅僅是個美好的祝願，而夫妻之愛也絕不是一成不變的。

與結婚儀式上「永不變心」的誓言相比——

「正因為我們的愛並非堅不可摧，那就懇請神佛保佑，讓它細水流長吧。」

這樣的祈禱才算合理明智。

相愛的時候，人們都不會想到自己有朝一日會遭受背叛，更不會相信在未來的某一天，自己會對此時此刻深愛著的對象激情褪盡、滿懷厭倦。當意識到這一點時，不是對方身邊出現了新歡，便是我們身邊出現了比戀人和丈夫更令自己感到心動的人了。如此看來，人的內心充滿了不確定性。因此，人們為了追求一種愛的誓約或協定達成，便找來了證人。所以在結婚儀式上，新郎新娘便請來了神父、僧侶、牧師之類的證婚人，還有一眾列席觀禮的親友團作證。

然而，以上種種只不過是白費心機，一派虛禮而已。

在見慣了無數愛情破裂的經歷之後，我們終於明白，就像孤獨一樣，愛，也終究逃不過無常的命運。

對不幸的自覺以及對孤獨的分析

在我們被幸福包圍的時候，或是自覺正處於幸福之中的時候，便會對自己的孤獨視若無睹。然而即便如此，孤獨卻伴隨著我們生命的獎勵而如影隨形。不對，差點忘了，在出生以前，孤獨就已經像皮膚一樣，融入了我們的血肉之軀。

在我們邂逅孤獨、或者說是發現孤獨的時候，多數是在不幸福的情況下。把這個不幸的自覺稱為與孤獨的邂逅，恐怕更貼切些。

缺乏必需的金錢時，希冀的東西無法得到時，遭遇朋友和戀人的背叛時，沒有通過入學考試或入職考試時，自己容貌不如別人時，不稱心的時候，在世界上的每一個角落，競爭失敗時，和愛人生離時，深信自己被同伴排擠時，生病時，自己的意見無法被別人接受時等等等等。自身不幸的形式內容多種多樣，要是一一數來，怕是永遠都數不完了。

總而言之，在意識到自己此時正處於痛苦之中的時候，我們方才和像皮膚一樣緊貼自己的孤獨四目相對了。孤獨是人的皮膚，痛苦是人的肉身，二者相互依存、缺一不可。

在佛教教義裡，認為痛苦是世界的本源。釋迦牟尼佛便是如此宣揚佛法、教導眾生的。這裡所謂的痛苦，通常指代世間的四苦八苦。

所謂四苦，說的是生、老、病、死這四種苦。

生苦，指出生的痛苦；老苦，指變老的痛苦；病苦，指生病的痛苦；死苦，指死亡的痛苦。

其他的痛苦，是在上述四苦的基礎上加上：愛別離苦、怨憎會苦、求不得苦、五蘊盛苦這四種苦。

愛別離苦，指的是和心愛之人分離的痛苦；怨憎會苦，指的是和冤家、仇人沒辦法避開，每每要見面的痛苦；求不得苦，指的是對期冀的東西求而不得的痛苦；五蘊盛苦，指的是執著於五蘊（即是色、受、想、行、識五種身心聚合）的痛苦，是上述七種苦的概括。

前面的四種苦和後面的四種苦，加起來便是四苦八苦。

只要我們活著，便無論如何都無法從這四苦八苦中解脫出去。而且，這些人生之苦往往很少會單獨出現，而是交集在一起來襲擊我們。

雖然有心愛之人，但卻遭受背叛，戀人離自己而去。這就是愛別離苦。倘若他的新歡是自己的好朋友，或者是自己的妹妹之類的人，怨憎會苦便交疊出現了。

自己無論如何都無法對前任戀人死心，這便在愛別離苦上又加了一層求不得苦，痛苦的感受指數倍增。最後百苦交集、不堪煎熬，便陷入了五蘊盛苦之中。

老、病、死者三種苦，大都也是相伴相生。上了年紀便容易生病，生病的老人便難以治癒，如此便與死亡緊密相連了。

在切身體驗了這些人生之苦以後，我們便具備和孤獨邂逅的契機了。反之，倘若平日裡我們過得逍遙自在，對孤獨並沒有如此深刻的體驗，便會因為懼怕孤獨而自欺欺人，明明看見了也裝作沒看見。

在我們的日常生活之中，很少存在像一遍所說的那種原本就是孤身一人的人。

在我們的孤獨感之中，形而下的成分多一些。比如說手頭緊卻沒人借錢給你啦，只有自己一人沒被邀請去參加聚會啦，自己在朋友結婚儀式上送去的祝福沒被對方接受啦，這類事情足夠引發磨人的孤獨感了。

只要我們的身心被這類形而下的孤獨感所占據、不堪其擾，在沒有去深入思考讓自己產生這種孤獨情緒的原因的情況下，便容易只見現象不見本質，對不接受自己的人產生怨念和憎惡。

之所以別人不願借錢給你，可能是因為你曾有過借錢不還的經歷，或是平日裡胡亂花費、經常缺錢，別人認為你是自作自受。而你卻連想都不願意想。

之所以沒被邀請去參加聚會，一般是因為缺乏服務精神，雖然身處聚會場合，卻面無笑意、悶不吭聲，大家都在唱歌你卻悶葫蘆似的一聲不吭，無疑在興致高昂的聚會上潑足了冷水，被嫌棄了還不自知。

凡事有因才有果，就讓我們試著來思考一下產生孤獨的原因吧。佛教中把它稱為因果。

然而還有一種情況，就是雖然膽怯但卻具有很強的服務精神，只要有人便會變身為「人來瘋」，服務起來用力過猛。自己雖然想要做到最好，但往往過猶不及，過度服務反而招人反感，讓人敬而遠之。這樣的例子也是存在的。

這也是犯了自大的毛病，覺得這件事除了自己誰都做不好，無形中給別人添了麻煩，而自己卻沒有意識到。同樣，之所以這次也陷入了孤獨，並不是沒有原因的。

在自己邂逅孤獨的時候，如果沒有埋沒其中不可自拔，那麼就請試著分析一下自己產生孤獨情緒的原因吧。透過分析產生孤獨的原因，便可知道它的性格了。

感受性越強越孤獨

我有個朋友的女兒兩次自殺未遂，不久之後她來到我的住處拜訪。我們暫且稱她作愁子吧。

在日本，她的家庭可以說是個典型的中產家庭。

父親是大公司裡能幹的候補董事；母親是音大畢業的才女，也曾夢想著成為一名歌劇女皇，直到和她父親相戀以後，才放棄了自己的歌劇夢想，嫁做人婦、回歸家庭並生下了三個孩子，立志能成為一個賢妻良母。

考慮到照顧三個孩子並沒不用花她太多精力，母親便在家裡開了個鋼琴學習班，還組建了個合唱俱樂部，把工作也搞得有聲有色的。

這個母親把自己未能完成的音樂夢想寄託在了排行老二的愁子身上，希望她將來能夠成為一名專業的音樂家。

還沒等到愁子五歲，母親便迫不及待地給她上起了鋼琴課。

雖說自己親自給女兒上課容易嬌慣孩子，但她從一開始就沒讓自己顯露出前輩般的熱情。

當和愁子一般大的孩子都在盡情玩耍時，愁子卻得每日每日地繼續著難熬的鋼琴課。不用說，不管是在小學時代還是步入中學以來，愁子的鋼琴水準都是學校公認的第一，參加比賽也拿了好多獎回來，母親為此很是欣慰。

上了中學以來，愁子對鋼琴的厭惡到了忍無可忍的地步。可即便如此，她還是鼓不起勇氣去向母親攤牌。

因為她知道，母親對自己音樂夢想的期待越來越大。

像往常一樣，她依然每天練八九個小時的鋼琴，邊彈邊掉眼淚。

愁子與孤獨的最初邂逅，便從這個時期開始了。

讓朋友們豔羨的家庭和家族，盛大的鋼琴比賽授獎儀式，在朋友中略勝一籌的鋼琴技能以及由此而來的尊敬榮譽。愁子的身上盡是光環，可此時此刻的她確實如此的孤獨難耐。誰都無法理解自己的痛苦，真是令人心煩意亂啊。

「最討厭練琴了。」

大哭了兩天之後，她開始羨慕起了斷然放棄鋼琴的妹妹順子。作為家裡最小的孩子，順子被大人們慣壞了，想幹什麼就幹什麼。

「你身上流淌著的可是母親的血，從出生以來就繼承了我的鋼琴素養。在這個世界上，天資優秀卻沒錢學習的孩子滿街都是。儘管那樣，家裡還是給你準備了三台鋼琴，不管你去哪兒求學都會有充裕的經濟保證。這麼好的家庭條件，你不好好學習，腦子裡到底是怎麼想的？」

每當被母親如此激勵，愁子雖然在心裡厭透了練琴，但還是一聲不吭，慨慨地向鋼琴走去。

家裡的所有成員，都以為這個孩子是真心地喜歡鋼琴，並對此深信不疑。

終於，在壓力的日積月累下，愁子在上中學二年級的那個春天罹患了精神上的疾病。

在浴室想要把自己的手指割下來，也是那個時候的事情。慶幸的是，這一幕被碰巧進浴室看一眼的順子給撞見了，才沒有造成重大傷殘。即便如此，光想也是令人感到害怕。

經歷了這個事件後，家人整天都提心吊膽的，而愁子的孤獨感反而愈發濃重了。

與其說愁子的性格漸漸變得陰鬱沉悶，倒不如說周圍的人都是對此深信不疑。人們說她難以接近、不適合社交，對她本人而言又是多麼的遺憾呢。

愁子比別人更加的和藹可親，情感更為豐富，感受性也更強。一直以來她就是個溫柔和善的人，傷害別人比傷害自己更讓她感到痛苦。即便如此，別人還是給她扣上了一頂性格冷血、感情涼薄的帽子。

這該是多麼的孤獨、多麼的難受啊！

因為感受性比別人更強烈，所以便更容易受傷。正因為感情豐富，所以在和比自己感情投入的少的人交往時，便會陷入到不甚滿意的不安之中，深受其苦。有時也會沉溺於自己豐富的感情之中，無法自拔。

這種情緒卻無人可解，心煩意亂而又寂寞難耐的愁子，就這樣被推向了孤獨的深淵。

她的想法非常的單純簡單，只是想完成母親心中規劃的願景罷了。她扭曲自己的欲求，朝著被規劃好的方向努力。出乎意料的是，這樣做的結果竟招致了自殺未遂的不幸意外。曾經的模範生一舉淪落成為問題兒。這個挫敗感將她的自信與自豪給全部都奪走了。

沒能達成母親的殷殷期望，喪失自信的愁子覺得自己就像個廢物。與此同時，她還陷入了對母親希望破滅的自責之痛中。

這些亂七八糟的情緒讓她感到非常痛苦，而她的母親卻全然沒有意識到，認為她只不過是在偷懶。以上種種，更是加深了愁子的絕望感。

這種孤獨和絕望，是職業女性撫養的孩子的典型病例。

像是這種情況，如果和母親好好談談、使母親能夠意識到自己的過錯，想必愁子便會及早恢復。

如果病情加重、進而演變成厭食症或者暴食症的話，自然而然便可能會演變成被學校勸退等等情事，演變成疑難病症的情形也是存在的。

人真的是非常脆弱，我們最好能夠意識到這點。可是即便如此，我們也不應該自暴自棄。

價值觀不同的孤獨

像愁子的這個案例，起初只是為了想要得到優秀母親的誇讚，憧憬著有一天能變成像母親一樣出色的人。在母親「畢竟是我的孩子，你也可以的」的言語下，承受著這樣的暗示。

然而，人世間是不存在絕對相同的兩個人的。即便是父母和子女也不盡相同。哪怕是親兄弟，也是性格各異。就算是同卵雙胞胎，性格迥然不同的先例也是大有所在。他人和自己便更不可能一模一樣了。如果別人不能像自己所想的那樣理解自己，因此而動怒的話便是無理了。

十個人有十個人的想法。每個人都有自己的不同立場。理所當然的，如果每個人都只是站在自己的立場上發表見解，妄想能讓別人產生和自己相同的感受、想法、行動，那想必是絕不可能的。因為和自己不一樣而責怪對方，到頭來只會把自己置於孤立的境地，苦不堪言。

婆媳關係也是如此。畢竟雙方成長的年代不同、家庭環境也不盡一樣，要是因為彼此的不同而橫眉冷對的話，那麼對雙方來說都不是一件幸事。即便能夠正視彼此的不同，倘若沒有願意做出一定妥協的意願，雙方相處下來也不會順利、融洽。

夫妻相處亦是如此。原本沒有任何關係的兩個人方才開始了同一屋簷下的生活，一切的一切都顯得怪怪的，如果夫妻雙方不互相謙讓、彼此體諒的話，往後的日子恐怕也過不下去。此時，如果看清了人在生來就是孤獨的這一點，是不是便容易體恤對方了呢。

我是一個活的非常自我的人，很多時候都是風風火火的，自己想到什麼便會馬上付諸行動。見了那種慢性子的人，自己乾著急也沒用，這時候我便會心想「他怎麼能這麼慢呢」。然而在見多了所謂的慢事之後，我才漸漸理解，和自己「差不多就行」的心態不同，他們追求的是慢工出細活。

「啊，這正是那個人的優點啊」，對對方的印象不禁來了個一百八十度大轉彎。

就這樣稍稍改變一下看待事物的角度，大多數的事情也便能協調共處了吧。差不多所有的情形，都是缺點也或許是優點，優點也可能是缺點的吧。

因為是夫婦，所以有「主人放屁也說香，全家都得投其所好」這麼句古老的諺語。同一屋簷下的生活往往令人的喜好都漸漸變得相同，但價值觀到死都相悖的夫婦也大有人在，這不得不說是個悲劇。

有人認為，這個世界上萬事都離不開錢，有錢便能買到一切。而伴侶卻認為，有錢沒錢無所謂，只要有愛就行。這兩個人的共同生活是絕對不會一帆風順的。

就拿孩子的教育問題來說，一方家長認為不必擠破頭往所謂的一流大學裡擠，讓孩子培養好能力、選擇自己喜歡的道路就可以了。而另一方家長卻寧願用走後門之類的骯髒手段也一定要讓孩子進入到一流大學裡去，希望孩子畢業出社會以後能夠成為一名醫生或是律師，認定對孩子來說這才是最好的選擇。這只能說夫婦雙方的觀點完全相反。

我想，再沒有比人生價值觀的不同更不幸的了。如果雙方無法達成理解，那麼對彼此都是個悲劇。這個時候，即便作為夫婦共同生活在一起卻已心生嫌隙。而正因為是夫婦，所以彼此的孤獨便更加難熬。

價值觀相同的同伴，不管是作為戀人還是夫婦，我想他們都會是最最幸福的吧。父母和子女價值觀的不同，大多會加深彼此的孤獨感。

孤獨是一種文明病。對於那些感受性遲鈍、缺乏想像力的人來說，他們大多不會留意到它的存在。因此可以這麼說，能夠感受到孤獨的人都是文明程度比較高的。

時間是孤獨的靈藥

結婚前夕，結婚對象卻突然遭遇交通事故猝死街頭，這該是多麼悲傷的一件事情啊。好不容易從這種離別之苦中走出來，新的戀人出現了。經過一段時間的交往，馬上就要談婚論嫁了，可就是他卻被你的朋友給拐跑了。被自己信任的人所背叛，這次就是生別了。

我從郵箱裡取了封沒有貼郵票的信。因為寫信的人說不出口，所以便在今天早上送了過來。寫信人出於孤獨和對人的不信任而感到非常絕望，告訴丈夫想要出家，但卻遭到了丈夫的反對。

出家可不是這麼現實的、形而下的事情。

想想看吧。你的未婚夫（妻）事故身亡，你能想像有朝一日你會從當時的悲痛欲絕中走出來嗎？你恨不得隨他（她）而去，家裡人也對你嚴加看管、生怕你做出什麼傻事。然而不管多麼苦、多麼痛，只要咬著牙活下去，在「時間」這劑良藥的作用下，傷口便在不知不覺間漸漸癒合了。

人類擁有忘卻的能力，究竟是神佛的劫罰還是天賜的恩寵，至今我都沒能想明白。

然而，不管是怎樣痛苦的體驗還是多麼殘酷的回憶，都絕不會像它剛發生時那樣一直纏著人不放、不肯消弭。

我並不認為你現在的絕望感和孤獨感是騙人的。看得出來，現在的你是那麼的不舍、痛徹身心。

可即便是這般的痛苦，五年過活也會痊癒，那時的你恐怕便會希冀一個新的戀人了。

越過無數不幸的山峰而繼續向前走下去，我想著便是人生之道吧。只有時間這個日積月累的特效藥，能夠幫你從孤獨的深淵中爬上來。想要一蹴可幾就是不現實的。就像設想中的那樣，也許在婚前便能看清戀人不忠的嘴臉是最好不過的。如果無緣的話，儘早抽身便是了。

我對傷痕累累、多苦多難的人抱有好感。那些有著深深挫折感的人，往往愛得更深。從長遠來看，這些絕對是好事，而非不幸。那些不曾受過任何傷害、不知挫折為何物的人，容易變成不知同情、自私自利的一類。你之所以現在正承受著痛苦，是因為你有深愛的人呢。

蟲鳴聲聲響。可百蟲齊鳴，究竟哪一聲是哪一隻發出的，還真是不好分辨。蟲鳴紛紛，仿佛連空氣都快要加入到它們的行列了。

在嵯峨野，蛙聲陣陣，蟬鳴連連，可不可思議的是，不管它們怎樣的鳴叫，都不會讓人感到聒噪心煩。

這種蟲鳴聲漸漸地消弱下來，等到驀然反應過來時，竟發覺連一聲叫聲都沒有了。那時的我隻身一人住在嵯峨野一隅的庵中，靈魂出竅般地眺望著遠方，感到還有另一隻眼睛在關注著這一切。從那隻眼睛看來，當時我的樣子恐怕該是異常的孤獨難耐吧。然而現實中的我卻一點都不感到孤獨。或者可以這樣說，我正在神清氣爽地享受著孤獨。

然而我畢竟也是一個古稀（當時是一九九一年）之年的老尼了，還是一個小說家，也不是隨便是誰都能勸得動的。

而你現在才是個二十多歲的年輕人，我希望你不管在今後遇到多少的挫折和失敗，都要在這個俗世中好好地活下去。愛意豐富、多煩惱的人，也擁有著體恤他人的悲傷和痛苦的力量。就像我反覆說過的那樣，只有體恤他人的想像力，才稱得上是「愛」。更深、更廣地去愛吧！

該回去了嗎？你真的沒事了嗎？趁著雨水還沒有下下來，請慢走。

第三夜　戀愛中的孤獨

煩惱與愛相伴而生

歡迎光臨。現在已經完全進入到深秋了，夜晚都可以聽到葉落庵頂的響動了。

你覺得冷嗎，往這邊靠近一點吧。啊，是這種香氣嗎？就像你看到的那樣，這香氣是那截剛剛削好點上的沉香散發出來的。在這樣的晚秋之夜，這種香氣真讓人深刻思戀呢。

哎呀，你身上的香氣也非常好聞呢。是迪奧的毒藥香水嗎？我猜對了嗎？曾經我用香水的時候，還沒用過這款呢。當時在我梳妝臺上擺著的是香奈兒5號香水啦、嬌蘭東瀛之花香水啦，羅莎夫人香水啦，JOY香水之類的香水。女人寂寞的時候，香水會不會也用的濃烈呢。就像琥珀系之類的東西那樣……萬萬沒想到啊，要是現在的比丘尼居然也用法國香水，是不是有些怪怪的？比丘尼是不會使用香水的。但是她們的衣服上可能會沾有一些芳香，在乘坐計程車的時候還經常會被司機誇讚好聞呢。

平安王朝的貴族女人們，每個人都會調製出適合自己的獨特的香。會調香是一種教養。在她們的情書、衣服和裝飾品上，都浸暈著芳香。也許是因為孤獨，調香之道才得以被她們發揚光大。《源氏物語》中有著調香比賽的記載，據說當時的女人們在調香時連丈夫都要瞞著，隻身一人待在房間裡閉門不出地祕密調香。

跟你直說了吧。其實直到現在我這裡還有香水呢。這是大約兩年前，一個跟我關係不錯的年輕音樂家朋友送給我的禮物。知道不會用，便把它放在了盥洗室裡。所以，除了你所熟知的毒藥香水以外，我現在還擁有香奈兒的水晶香水、拉爾夫勞倫的POLO香水。沒錯，送給我香水的自然是位男士，大概不到四十歲的樣子。讓我高興的是，近來喜歡我的可是個年輕的小夥子。所以說，即便是上了年紀的老比丘尼，也喜歡被人喜愛，而不是喜歡被人嫌棄。當然，這種喜歡說的是純潔的友情。

以前，我深信男女之間的友情不會成立。因為我認為男女若是彼此喜歡，自然而然地便會對對方產生性的訴求，一旦發生了兩性關係，便已然超出了友情的範疇。

認為男女之間也有友情，是我到了六十歲左右才想通的事情。

或許是在我出家以後，便不再把男人看成是可以發生性關係的對象了。達成無性關係的狀態後，不管如何親密，也只能止步於友情了。

在學生運動如火如荼地進行時，男女學生們懷抱著共同的理想和共同的敵人戰鬥，結成了同志般的親密關係，我想他們之間便是產生了濃濃的友情吧。

然而即便在這群學生之中，果不其然地也會有愛之花在特定的兩人心中盛開吧。愛意從同志之愛和友情中洋溢而出，這也是自然而然的事情。

人，生來就是孤獨的。在認識到這點以後，正因為自己孤獨，所以便會親近同類，想要彼此互相取暖、互訴孤單，若是能夠得到對方的愛，心裡該多有安全感啊。可以這麼說，不僅是男女之間，就是在同性同伴中也是如此。

然而原本同病相憐的孤獨者們，在相互接觸交流之後，便會產生一系列的矛盾。愛讓人執著，執著產生獨占欲，此後伴隨而來的便是煩惱了。自己心愛的人只屬於自己一個人，誰都不想他（她）被別人染指。然而，這個世上的萬事萬物都處於無常之中，人心也是無常的。見異思遷是人類的本性。不管如何發表愛的誓言，人心還是變了。所以無論何時，我們都無法將對方的自由限制在自己身上。所以當我們注意到對方想要離開的跡象時，便會馬上產生嫉妒的情緒、平添煩惱了。

在愛的同時，伴隨著戀愛的陶醉和幸福感而來的，是如影隨形的煩惱。做好這個心理準備想必是十分必要的。

可即便如此，我們還是期待著愛人以及被愛。年輕時代的我們理所當然的堅信，所謂活著，就是為了和心愛的人邂逅。

雖說這是件值得高興的事情，但能夠毫無防備地將自己的全部交給對方、將自己的一切都暴露在對方面前，是最能給自己帶來安全感的關係了。你們可以無話不說。自己的慘痛經歷、後悔之事、丟人糗事，都可以放心地講給對方聽，真是除了神佛便再無他人能夠做到了。茫茫人海中竟能得此知己，便會愈發地感到高興吧。

性是通往孤獨的橋梁嗎？

話說回來，不管是夫妻也好、戀人也罷，人畢竟不是神佛，不可能抵達無論何事都能原諒對方的境界，完全不說謊的人際關係是根本就不存在的。發生性關係，在雙方達到性高潮的一瞬間，沉湎在合二為一的美妙感覺中，孤獨這個情緒便被拋到九霄雲外去了吧。在那所謂的全身心溶入對方的性高潮中，感受到橫亙在兩人之間的河流被一舉掩埋了起來，合二為一的充足感和滿足感油然而生，同時而來的還有感動。就是這個喜悅的瞬間，讓健康的人本能地對之趨之若鶩。

然而遺憾的是，實際上這種一體感和充足感卻是非常的短暫。

男人不可避免地終會射精，此後剩下的便是空虛了；而女人的性快感卻能持續一段時間，仍然抱住男人的身體不捨得放手。這時，在男人心中的某一個角落便會產生鬱悶的情緒。女人並不瞭解男人在射精後的生理反應，男人也不理解女人抓住性事回味不已的情緒心理。

那些被稱為床上高手的男女們，大多是想像力豐富的人。對方想要什麼？如何才能滿足對方的欲求？他們想像著，正中紅心地滿足他們的這些欲求。

把連本人都沒有注意到的欲求給發掘出來，便是基於性的想像力了吧。

說起這個想像力，很容易會被人認為是虛構的表演，這種想法是不正確的。這是對對方的體恤。

我不知道那種沒有前戲、搞突然襲擊的男性是不是只有古代才有，但對於當今這些善於收集兩性情報、性知識豐富的女性來說，這種事情是不被允許的。想必她們會馬上翻臉，瞧不起那種男性吧。

當今的女性，自然也不會原諒那種只顧自己一時享樂、完事之後便馬上從女性身體裡抽出來的自私男性。那些膽小羞怯的女性，雖然不好意思說出口，但也還是會感到不滿，認為自己的這種不滿是理所當然的，壓力也漸漸地積聚了起來。

當今社會，妻子不倫的例子數不勝數，已然上升為一種社會現象了，我覺得這也不能全怪妻子。作為丈夫的男性，對待和妻子的性事敷衍了事，既不研究也不努力，這難道不是過分守舊的大男人主義嗎？

迫切地想要把自己的愛意傳達給對方，這種極限的行為就是性行為。做愛這個詞語真是個好詞啊。希望和對方融為一體、水乳交融、將孤獨真正地遺忘，這種直接的行為便是做愛。

當然在這個時候，如何滿足對方的欲求便成了愛的第一表現力。因此，雙方不顧一切地努力便是自然而然的事情了。相反，如果只是一味地追求自己的快感，便不是表達愛意的體現了，這種做法是不對的。

像性行為這種事，並不是完全只考慮對方的。因為女性只是被動地躺在床上的話，是十分對不起對方的，所以無論如何都該試著操操心、想想對方怎樣做才能讓自己高興吧。我想女性的這種努力，也是一種禮儀和義務。

在二人世界裡，雙方都是一邊摸索著一邊尋求一種適合彼此的性愛模式的。

性這個字，可以解讀為：為心而生，由心而生，或者是依心而生。這個字可真是意味深長啊，你覺得呢？所謂性，是讓心中愛火重燃的行為，是從有愛的心裡生出的行為，是住在愛著的心裡的行為。

性存在於無數對情侶之間。可即便如此，它依然有它的獨特性。所謂做出與眾不同的愛，說的就是兩個人做愛。

如果A女同時在和B男、C男這兩個男人交往，那麼她便會有不同的性生活。我想，她和這兩個男人做愛的行為模式是絕對不可能一模一樣的。

和三個人交往，便會有三種不同的性生活。這跟樂器是一樣的，不同的樂器便會奏出不同的旋律。我想，正如鋼琴、中提琴和大提琴擁有著不同的音色，若是對不同的物件產生是同一個的錯覺，便就是錯誤產生的根源了。

在我看來，被稱作性行為的這個東西，是個非常複雜而微妙的存在。一個男人和一個女人從一而終，這種情形也是存在的。從某種意義上說，這是個莫大的幸福，然而從另一方面來看，卻也真是可憐。每個人在經過長時間的鑽研之後，便會發現更換樂器的外殼或是琴弦將演奏出不同的音色。畢竟，如果沒有經過這番努力的話，就會由著原來的琴弦或是外殼苟延殘喘到最後，想要奏出動聽的音色也是不可能的。

性愛也是需要經營的。

在魚水之歡時，雙方多少會在水乳交融的一瞬間將孤獨拋之腦後。然而身體才剛剛分離，兩個人便同床異夢了。哪怕在性愛的最高潮，妻子認為此時此刻丈夫腦子裡想著的只有自己，殊不知丈夫的腦海裡卻有可能正想著別的女人呢。妻子在委身於丈夫的同時，眼裡浮現的確實初戀的身影，這種可能性也是存在的。

這麼想來，性行為果然是孤獨的存在啊。即便是情人做愛時產生的一體感，也不是能經常造訪的。

精子有幾億個，而與此相對的卵子卻只有一個。我想，這個男女身體構造上的問題，便是男女在性愛上產生差異的原因。因為只有一個卵子，所以上億個精子便白白的流失了。不管怎樣男人都得瀉精，這種失落感和性事過後的頹廢感，女人是無論如何都想像不出來的。女人只需被動地承歡，便能體會到充實感。

性，成為了一架將男女孤獨融為一體的一瞬間的橋梁。橋下山谷橫亙，河川奔流。

即便身處愛中也依然孤獨，哪怕沉湎性愛亦難逃寂寞。我們必須要有這種覺悟。因此，在短暫的擁抱中產生的融為一體的感覺，不正是光芒萬丈嗎？

啊，又到了該說再見的時候了嗎？你開車回去沒有問題吧。歡迎明天搭計程車過來，回去的時候就不用開車了。那樣的話就可以請你喝酒了。

我還想再多聽你講講話呢。

晚安了，路上注意安全。

第四夜　家庭至上的孤獨

男女之間如隔河川

歡迎光臨、讓你久等了。

秋意漸濃，蟲鳴聲也漸漸地開始少了呢。可是，你聽，能聽見嗎？那些偶然存活下來的蟲子仍然在鳴叫呢。哎呀，外面開始下起了陣雨呢。這樣的夜晚真是叫人喜歡呢。我開始能夠深切地體會到一個人生活的好處了。

大概是因為能經常收到你的來信，初次相逢還真是出乎我的意料之外呢。你和我想像中的可是一模一樣呢。

你是因為太過誠實，所以才會感到痛苦。凡事過猶不及，你也該稍稍對自己好一些啊。

自己的優點只有自己最瞭解，正因為如此，如果不去自我肯定、自我寬慰、自我表揚的話，可就是委屈自己了。

你在經歷了激烈多舛的愛情之後步入了婚姻的殿堂。「婚姻生活是多麼的孤獨啊。」這類似的話語，我經常會聽到你們這些邁向五十的人或是五十出頭的人說起。

大致可以這麼說，戀愛初期男女的狀態就像是帶著粉色眼鏡的鳥類。

很久之前，有人曾在電視節目做了一個給雞帶上粉色眼鏡的實驗。帶著粉色眼鏡的雞群都非常的溫厚，彼此平靜地相愛著。然而，當把它們帶的粉色眼鏡給摘下來時，它們便暴躁了起來，不停地打架。

人在戀愛時不也一樣嗎？剛開始，因為帶著粉紅色的魔法眼鏡，就連對方臉上的麻子都能看成是酒窩。可一把眼鏡摘下來，就會感慨對方怎麼能這麼黑，繼而陷入失望的情緒裡。

就這樣帶著眼鏡走入婚姻的殿堂，不知不覺就會感到角度越來越偏，頭也開始痛了，胃也開始脹了。果然啊，時不時地檢查一下眼鏡、調整一下角度還是有必要的。

所謂的戀愛，起先便是從誤解和錯覺開始的。

法國小說加斯湯達爾所說的「戀愛的結晶作用」，便是這個意思。

不只是哪裡的神父曾說過這樣的話。

「戀人之間的結晶作用在發揮效果時，雙方是彼此關注的。然而結婚以後，步入家庭生活的雙方便沒有了多看對方一眼的心思。所以，現在的夫婦最好都將彼此的目光聚焦在同一個方向。」

然而，即便想要看向同一個方向，雙方的目光還是出人意料地分散開去了。頭顱擺正、面部同向地看過去，視線還是可能在左右兩邊產生遙遠的隔閡。

神父所說的同一個方向，大概指的是持有相同的價值觀吧。

在我看來，男女之間、夫婦之間、人與人之間都隔著一條河流。在過河的時候，如果雙方不是不顧一切地想要手拉著手，兩人所處的河岸便會這麼想：

「啊，對岸上沒有那個人嘛。」

然後放心地向同一個方向去走就好了。如果想要強行過河，反而會遭遇落河溺水之類的悲劇。

戀愛結婚之所以容易失敗，是因為雙方希望這合二為一的結合感和甜蜜感細水流長，而不去承認彼此之間隔著一條河川的間隙。

這時如果把粉紅眼鏡悄悄拿掉，不去試著看清對方的本質，那麼自始至終都不會去矯正眼鏡不合適的角度了。從這以後，感情破裂就開始作祟了。

愛能塑造人的性格

這是與前來同我探討命運的客人的談話。她離過兩次婚，結過三次婚，對這個第三任丈夫也開始看不慣了。

她的三次結婚都是出於自由戀愛。確實，四十七歲的她看上去要比實際年齡年輕，眼睛鼻子都生的很漂亮，是個所謂的美人胚子。她妝容精緻，也好打扮。

我曾經重複過很多次，恐怕是你不能滿足丈夫吧。現在肯定還會重複這句話。

不管在哪一段婚姻生活中，她都是一味地去指責對方。我想問的是，你是那樣的人嗎？

對方不能讓自己滿意就和他吵架、苦大仇深地羅列出他的種種不是，而他也覺得自己處處都不稱心，心想難不成是戀愛的時候偽裝的太好了，繼而感到非常失望。

總之，就是認定了自己完全沒錯、自己的評價標準總是正確。結局這麼說的話，可見第一任丈夫未必就不是最好的。總之，她是自視過高了。

她一次都沒有對對方付出過真愛。看到戀人被自己的魅力所折服，便產生了一種錯覺，認為自己值得對方此般厚愛。因為對方帶著粉色眼鏡，看待自己的時候便會產生美化效果，被自己的外表所蒙蔽，而沒有注意到自己內心冷酷而醜陋的現實。

真愛讓人謙虛。自己是否真的不負對方的此般厚愛，如此，便產生一種恭謹的捫心自問。

而她竟一點都沒有那個意識。

她一再地說自己是被騙了，沉浸在一種被害者的意識之中。

聽著她的陳訴，裡邊滿是對那個人的抱怨，而我卻覺得她的三個丈夫都很可憐。

如果對這三個人的本性全都看不透，那麼只能證明本人是個傻瓜了。

尼采曾經說過，「孤獨能夠塑造人的性格」。那我姑且可以這麼說吧：「愛能塑造人的性格」。

充實的愛讓人謙虛。通常來說，不管是對人也好對神也罷，它讓人心生感恩，它讓人將自己富餘的愛灑向戀人以外的人們，對這個世界溫柔相對。

不管是精神上還是物質上，真愛能降低人的欲望。

然而現在的年輕人，戀愛也好結婚也罷都追求三高，首先期望物質生活上有安定的保障，這就有些貪婪了。

倘若對方是一個身材高大，但是智力低下、人格低賤的男人，又有什麼可依靠的呢？

就算學歷高，但也只是善於應試，既不風趣也沒有真正意義上的教養，這樣的男人又有什麼魅力呢？不管進入了多大的公司，就像現在這樣，社會說不定什麼時候就會發生變化，學歷之類的東西也是不中用的吧。不管社會發生什麼樣的變化，即便天變地異，也能堅挺地扛起家庭的負擔，擁有這種智慧和行動能力的男人才是值得依靠呢。

就算擁有高收入，但身處金錢像泡沫一樣的現代，你要明白高收入是多麼的脆弱無常和靠不住啊。

不婚症候群的孤獨

聽到有些年輕的女性說自己可能不會結婚了，我想她們就是人們所說的「不婚症候群」吧。所以，這些人究竟把自己當成什麼身分高貴的人物了？我百思不得其解。所以雖說孤獨，那也是自作自受，無藥可治。

若真能從孤獨中重新凝視自己、深入思考、變得謙虛的話，倒不如讓孤獨變得光彩照人。那些不婚症候群的大小姐們，大概不是謙虛吧。

然而，也可以看見這樣一群年輕人，他們認為在真正瞭解到孤獨的愉悅之後，因為自己能夠得心應手地駕馭孤獨，就算不結婚也能過得快活。

像這類年輕人，已經對婚姻喪失了興趣，直接堅定地營造著自己的生活，決定單身到底一輩子。他們透過學習和提升個人能力，在工作中收穫一片藍天。

直截了當地說，結婚並不能讓人從孤獨中逃離出來，所以有些人乾脆選擇單身，想要與孤獨結婚，在我看來也是不錯的。比起那些因為對方條件不夠三高而選擇不婚的人，他們的想法要好太多太多了。

於是在一個人接下來的踽踽獨行中，未必就不會有男性被這個身影所吸引、想要認真地和對方談一場戀愛。這個時候，我建議就不要再抱著原先那種強勢的姿態了，哪怕從一開始就沒有想過要依附對方。我希望你能夠懷著一顆單純柔軟的心，盡可能地去好好感受一下這個新局面。

你最小的妹妹都已經三十三歲了還不想結婚，大概也是有她自己的想法吧，所以我想還是不要去說三道四的好吧。她又不是個小孩子，只要是她自己選擇的路，她自己能夠承擔起責任就好了。

你說你妹妹年紀大了又沒有孩子，你擔心她該會多麼的孤獨啊；而你自己結了婚又帶著兩個孩子，這個時候愈發感到家庭的空虛和丈夫的無聊，孤獨難解、寂寞難耐卻又無可奈何。這麼說來，你對你妹妹的擔心豈不是自相矛盾嗎？

自己的意願不能強加在別人身上。

把親切和善意強加在別人身上，不會給對方帶來困擾。在愛情上強加給對方親切和善意的話，便會招致惡果。正因為本人是出於善意，愈發如此。

不倫也空虛

丈夫收拾整齊地出門去公司了。只有在為公司辦事時他才是拚命三郎，哪怕是休息日他都帶著工作回家。越來越無趣，話題也越來越少，一上床就會呼呼睡去。性生活在一個月也不一定能過上一次。雖然公司進展得不是一般的順利，他也比別人更早地出人頭地了，但我卻一點都高興不起來。

日日受寂寞煎熬，就快要受不來了。

在和昔日的友人有過一兩次的不倫之後，這種寂寞之感便更是加深了。

現在，丈夫就連做夢都不會想到妻子有過不倫，魅力真是大不如前啊。類似的話語，曾有很多像你這樣的已婚女子跟我說過。

當下四十多歲的女性，身體和心靈都是非常年輕的。就像是正在怒放的花朵，這是女人最好的時候。

漸漸的，孩子終於不需要自己操心了，各方面也寬裕了許多。家庭經濟上也有了富餘，大多數的已婚婦女透過打工，或多或少也有了可供自己自由支配的金錢。

和從前的主婦不同，透過PTA和同窗會之類的文化中心活動，時下主婦外出的機會大大增加，人際交流的機會也多了起來，和外人接觸的機會也比從前大幅增多。會議結束之後，大家一起喝酒之類的聚餐也是再正常不過的。

在那樣的環境下，重新審視一下結髮多年的丈夫，大抵會覺得失望吧。倒不是丈夫變了，自始至終他都是同一個人。是自己任性地帶了副粉色眼鏡，在戀愛的結晶作用下，覺得對方就是自己所喜歡的那個類型的男性，而這僅僅是一個錯覺。時至今日，只不過是突然看清了丈夫本來的樣子。

妻子這方面，閒下來以後要麼看看電視，要麼讀讀書，要麼就是沉浸在新聞評論節目之中了。

丈夫這方面呢，在外疲於奔波，為了公司的工作忙得不可開交。為了維持人際關係，即便不想喝酒也不得不參與作陪；上司一聲令下，哪怕不想打麻將也得硬著頭皮打下去。

筋疲力盡地回到家，馬上就倒頭睡打起了呼；心想他是不是在看電視，戲劇節目剛一開說他就挖鼻屎。

真是受夠了！妻子開始厭棄了起來。因為妻子自己手中也有了些小錢，所以對丈夫賺錢的感謝之情便變淡了。更何況是夫妻共同賺錢養家，雙方是一樣的付出，丈夫的疲態出現得也太早了點吧？這麼一想，便一肚子氣。

女性在外工作，在事業上能力比男性更高的女性也多了起來。雖然在大局觀上女性比男性略遜一籌，但在需要細心周全的瑣碎工作上，女性的見解更加正確，同時也更加不吝努力，取得了實實在在的成績。

雖然如此，但妻子若是為了滿足自己因對丈夫失望而產生的空虛感，而在外面不倫的話，就太不值得了。

「不管有過多少次不倫，到頭來也還是空虛。」

你對我的這番告白，我想是個大實話。

作為知性女性，必然會在事後產生這樣的感慨，到頭來不更是加深了自己的孤獨感嗎？

之所以這麼說，是因為你和丈夫以外的男人所發生的被稱作不倫的性行為，只是為了滿足一時的安慰和對男女刺激偷情的好奇心，不過是玩玩而已，既不是認真的戀情也不是愛。

不管是認為自己懂得比丈夫多，還是有了在外邊玩耍的餘裕，事實上可能都該怪罪於自己無法被丈夫滿足的環境。

你在回過頭來能產生不倫也空虛的感慨，這些我都有所知曉。而日本還有很多的已婚婦女，因為不倫而瞬間身敗名裂，這樣的例子也有很多。

不倫與夜晚的背後

關於不倫，日本和歐美不同，沒有太長的歷史。而且在江戶時代，不倫要是被人發現，是要被斬首的，而且在斬首前還要被綁著去遊街示眾。

通姦罪就是在這差不多的時期開始在日本存在的。

就像日本女性的後背不適合晚禮服的開背一樣，不倫也和晚禮服的開背相同，和在漫長歷史中發展起來的歐洲已婚女性的通姦和婚外情都是不能比的。

日本的女人一旦委身於男人，就恨不得把自己的全部都交給對方似的黏了上去。不擅長處理隨便玩玩的性事，也無法將家庭和不倫遊刃有餘地玩弄於股掌之上。

這是因為和不倫的對象假戲真做，讓自己陷入了一種認真戀愛的錯覺之中。終於，對丈夫的不滿啦，對單調生活的不滿啦之類的，無意間的借酒消愁啦，這些場合讓自己陷入對對方的痴迷中，下定決心要以身相許。自此，便是把自己置於悲劇女主角的境地了。

不妙啊，我忍不住想，這終於還是因為沉迷太深而導致了失敗，要麼就是太過大意被人趁虛而入。承認了自己這個不足的現實，是人品所不允許的。認定了自己就好像是個飽受傷害的受害者似的。

受持有這種被害者意識的影響，啊，這才招致了這種愚蠢的失敗。最終，我自己也淪為這種愚蠢的人。如何才能躲開丈夫的批判呢，果斷認清了自己的愚蠢程度之後，一切就柳暗花明了。

不倫是捨命的覺悟

我想，在這種情況下，老老實實地把所有的一切都向丈夫坦白是最簡單安全的解脫方式。若是不想破壞家庭，乾脆把所有苦楚的懲罰都壓在自己一個人身上而撒謊去瞞著一無所知的丈夫，這難道不是太沉重了些嗎？只要一對人撒謊，神佛就會洞察到這一切。因此，便想著去對偉大的神佛潛心懺悔贖罪，祈求能得到寬恕。不去向對方坦白自己的罪過，還要瞞著所有的人，這種孤獨真是太難受了。那麼，姑且就把這種難受看成是對不倫妻子的懲罰吧。

日本不倫的歷史不像歐洲那麼長，偷情案發時，日本的妻子直接就六神無主了。因為無法當機立斷，一旦發生關係之後便一頭熱地沉浸其中了。因為過於拘泥於性事，便不容易回頭了。

男人也還是和從前時候的男人一樣，發生不倫關係的男女如膠似漆，他卻無法做出一刀兩斷的勇敢抉擇，恬不知恥地得過且過。就算妻子一度試著為了偷情而離家出走，他還是能滿不在乎地等她回來，這時他會向附近的人撒謊，也並不是毫無波瀾，但很快就會把它拋到腦後去了。獨自帶著孩子的丈夫，回家後被曾離家出走的妻子招呼著看電視，看到這類似的情形，男人真是淒慘得令人毛骨悚然了。

不是玩玩、而是認真的不倫之戀，一直進行下去的話就會產生捨命的覺悟。不管現在的性解放多麼優於從前，雖說現在日本沒有通姦罪了，但不倫還是沒有得到社會的認可。

偶爾，你會有幸碰到個不錯的不倫對象，可對方若是個壞人的話，你就會被脅迫、勒索，即便這樣也毫無對策。這種情況真是連想都不敢想啊。

即便嚮往成為一名自由解放的女性，但當今社會，女性依然無法做到男女平等的解放。因此，不倫對女性的傷害絕對是社會公認的。

白秋通姦事件

在北原白秋和鄰居家的妻子松下俊子墜入愛河的時候，白秋二十五歲，君子二十二歲。從明治四十三年起，兩人的不倫之戀持續燃燒了三年。

我曾在《從這經過》這本書中寫到過白秋和他的三個妻子的故事。我在書裡著重描寫了關於第二任妻子江口章子的故事，而最初的妻子俊子則是最為沉浸在和白秋戲劇性的戀愛中的、為愛而生的人。

明治末期，仍然是通姦罪通行的時代。

俊子的丈夫松下長平在抓住了白秋和俊子的姦情以後，便以通姦罪為名將他們起訴上了法庭。

當時的白秋已有《邪宗門》、《回憶》兩本詩集問世，被稱為天才詩人，正是最當紅的時候。作為日本近代文學的旗手備受矚目，周身閃耀著榮譽的光輝。

就因為這個醜聞，輿論一片譁然。

「詩人北原白秋被起訴　文藝界污辱的一頁」。

這個偌大的標題見諸於報紙。就詩人白秋「應當迴避的通姦罪」，報紙對他七月五日被起訴一事做了報導。明治四十五年的時候，白秋二十八歲。當天，白秋就被從東京的地方法院押解到了市谷拘留所。作為通姦罪的犯人，他被遮上草帽、戴上手銬，和其他囚犯排成一隊被趕上了搭載囚犯的馬車。馬車上後來還陸續上來了些女囚犯。最後，俊子也草帽遮面地上來了。俊子側著草帽歪著頭，偷偷地看向白秋，戴著手銬的雙手落在膝蓋上，眼淚吧嗒吧嗒地往下掉。

人生路、監獄路、馬車摩擦的石子路，路路皆可悲；
痛哭流涕入牢房，你是庭院爪紅花。

監獄的庭院裡也盛開著鮮花。鳳仙花、大麗花、洋地黃……炎炎夏日，百花怒放。就在昨天以前，好打扮的白秋還穿著他質地精良的黑色天鵝絨衣服、繫著波西米亞風情的紅色領帶、披著寬大的藍色吊鐘形斗篷、拎著大號印花布手提袋，衣冠華麗地走在大街上。

這時，大約比想像中的還要早十五天，保釋出獄的白秋和俊子拿出三百日元和俊子的丈夫和解，可這個事件直接導致了白秋的社會地位全然墜落谷底。難的日子開始了。

自然而然，俊子的人生也無一例外地捲入了瘋狂的漩渦。俊子離婚後，兩人便結婚了。可是好景不長，他們的婚姻生活並沒有持續太久便分道揚鑣了。

這之後，俊子的生活便和幸福無緣了。

雖然這次的通姦事件讓白秋走了個彎路，但他憑著文筆之力逆襲成功，最後成為了公認的國民詩人，最後安然而終。而這個事件卻讓女方背負了嚴酷的傷害。

透過這段戀情，白秋寫出了很多優秀的詩作和短歌。不知道你是否聽說過白秋的詩作和短歌作品，讓我們來讀一讀吧。只把描寫和俊子戀情的那些找出來吧。詩集《桐之花》裡的詩作和短歌，大多便描述了他和俊子的戀情。

朱頂蘭幽幽地吐著芬芳，真想親吻你的香唇啊
就像那雀躍旋轉的廣告燈，都城的春天來敲門了
衣物上的羽毛圍巾，在新的十一月的清晨窸窣作響
你回去的早晨聽石板路上清脆的腳步聲，雪像蘋果的香氣般落下
深情痛哭的兩人是椅子上被拒絕的藍色蜥蜴
當我想到莪菜的花穗時，你那寬恕的目光讓我眼前一亮
和你訣別時，爪紅花紅豔豔，爪紅花紅豔豔

寫得不錯，是吧？這種詩歌的誕生，對於不光彩的通姦罪來說也是一種補償。你認為呢？

詩作〈斷章〉，也是為俊子而吟。

那，是別人的妻
是獨一無二的弗蘭切斯卡的故事
說話間嬰兒又哭著
在旁邊爬來爬去
而你，只是顯得毫不在意
那，是別人的妻

當然還有這首絕唱。因為俊子經常帶著孩子和白秋密會，所以詩作〈野曝〉中便有了這樣的感慨：

將死的時候愈發

流戀生命
將這軀體拋棄曝曬在原野
那時才會知道什麼是真正的淚
因是別人的妻　所以各走各的路
到自己已經汙濁至極
就只能彷徨在欲止步而不能的
罪之安路

我非常喜歡這首詩。

有島武郎殉情事件

在這個事件隨後的第十二年的六月九日，有島武郎和波多野秋子在輕井澤的別墅裡雙雙殉情了。這個事件非常有名，相信你也有所耳聞。身為《中央公論》的美女記者，波多野秋子主動接近了武郎。

然而她的丈夫春房撞破了妻子的通姦現場，便威脅武郎說：

「既然你這麼喜歡秋子，那我就雙手奉上好了。可我是個商人，不會白送東西給你。秋子給我當了十一年的妻子，是我一直在養著她，結婚之前的三四年裡也是這樣，你得給我撫養費。但即便你能一次付清，我也不會輕易放過你。我要讓你這輩子都不好過。」

武郎拒絕了春房的要求，他說：

「她是我用生命愛著的女人，我不能忍受用金錢來衡量她的屈辱。」

於是春房便要拉著他去警察局。這時，武郎卻回答說：

「那就一起去咯。」

春房慌了，便安撫了一下武郎的情緒，然後離開了。

兩天之後的六月八日，武郎和秋子前往輕井澤，在九日的清晨上吊殉情了。據說一個月以後他們的屍體才被發現，上面都已經腐爛，並且生滿了蛆。

從前這種冒著生命危險的不倫帶來的不幸，從詩作中便能感受一二。在我看來，生活在大正年間的人們，果然還是守舊的吧。

至今我依然認為，人心並不是被黏了一張網，而是被關進了帶著格子鐵窗的牢房。可人的熱情是不講道理的，哪裡會屈從呢？相反，它還會熊熊燃燒。

當然，佛祖釋迦牟尼認為這種煩惱之火只是痛苦，所以教導我們斷念。特別的是，佛祖釋迦牟尼又豈會知道，對於人類而言，這關於渴愛的戒律又是多麼的難以割斷呢。

就像當今的不倫這樣，毫不費事又鬧著玩兒似的，讓人感覺不到美好和詩意。

第五夜　失戀中的孤獨

男女各占一半一半

歡迎光臨。今夜又是個美麗夜晚，很難想像昨晚居然會下雨吧。一夜之間，落葉已全然散去。讓人吃驚的是，這樣一晚的夜雨卻將葉子染成了紅色。今天早早地歡迎你們光臨，是想多留些時間和你們聊聊天。雖然黃昏短暫，但在這彈指的短暫之中，卻給我們展現了自然之美的極限。

過不了多久，月兒就會從對面的東山上升起了。它會穿越京都熙攘的街道來到嵯峨野的上空，途經這個寂庵的庭院，然後沉落到小倉山的後面。所以在這裡，你會清楚地觀看到月亮的軌跡。

那個壺庭裡正盛開著貴船菊。你看，它花蕾飽滿、花團錦簇，是不是比大波斯菊更加清爽呢？白色和粉色的花朵交相輝映地盛開在一起，粉色花朵夾雜點綴在白色花朵之間。

這邊的兩位朋友是同學關係吧？真是不錯呢。學生時代的友情沒有算計和其他雜質，是最純潔而長久的呢。

你是有什麼心事吧，你的臉上可是這麼寫著呢。是遭受到了一直以來信任著的丈夫的背叛嗎？這樣的妻子，在地球上可是數都數不盡呢。重要的並不是遭受背叛的這個事實，而是得知真相的自己，今後的身心該何去何從。

不管在什麼時候什麼場合，我都認為男女的原因各占一半一半。這種事情沒有受害者和加害者一說，而雙方同時都占有受害者、加害者這兩個層面。舉個例子，雖然可能會比較難以理解，恐怕不管是誰，都擁有一個值得誇讚的貞潔賢淑而又文雅美麗的妻子吧。這個時候，丈夫卻在外邊又養情人又尋歡作樂的，不管是誰見了都會覺得是丈夫的不是而批判他的無賴行為。然而，不管是他們夫婦的關係也好還是他和情人的關係也好，都有著外人無從得知的一面，所以無論如何都無法評價。

在這個世界上，既有因妻子過於貞淑而感受到壓迫感的丈夫，也有因妻子過於聰明而陷入自卑情緒的丈夫。即便從表面上看不出來，但這個世界上還是存在患有性感缺乏症的女人的。

而且，最讓人困惑的是，人心和所有的現象一樣，也是無常的存在，不知道什麼時候就會發生變化。一方沒發生變化，只有另一方發生變化的情形屢見不鮮。

我有一個朋友，把婚前丈夫寫給她的情書嚴嚴實實地裝進了蛋糕盒裡，這樣精美的盒子足足有五六個。

「真是被我迷到不行了啊，一天能收到他兩封情書呢。」

像她這種驕傲的人還真是有。而她的丈夫卻在外面養了女人，瞞著妻子連孩子都生出來了。得知真相以後，遭受背叛的妻子卻不敢相信這是現實：

「可是，他給我寫過這樣深情的情書啊！」

就算一切都是現實，那肯定也是丈夫受到了壞女人的迷惑，一心厭惡起了丈夫的情人。

一直深信丈夫的純情和坦率，並不能算是她的美德。因為對於一般的男人來說，那些所謂的單純和坦率幾乎就是厭倦的同義詞，看上去跟感覺遲鈍似的。這是若是有足夠能打動他的女性出現，被她吸引去也不是沒有道理的。人並不只是行屍走肉，人也有心靈的訴求。

在佛教裡，有五蘊這個詞語。所謂蘊，就是包含的意思，另外又可稱作蓄、含之類，也有人成它是群集。那包含著的五種東西，放在身體裡來說，就是內臟。

然而人並不只是肉體做成的，在肉體中，還包裹著內心。也就是說，將我們這堆肉體形成為人的東西，是蘊。

五種東西，指的是色、受、想、行、識。色在佛教裡指物質，在人體裡指肉體。人體之中還住著內心，這就是識。受、想、行。是色與識之間的作用。

受，舉個例子，這裡放著蘋果，你就會想：啊，蘋果啊。說的是感受作用。你會想它又紅又漂亮，似乎還很美味。這就是想。想要吃它的這個意志作用，這種意念就是行。然後你試著咬一口，可能很美味，也可能比想像中要酸，這種認識就是識。

我們人類，就是在這五蘊相互結合、調和的基礎上成立的。再簡單一點來說，是由肉體和精神構成的。

色是眼睛看得見的世界、受、想、行、識是眼睛看不見的主觀的世界，是自己內心的存在。

之所以就這個問題說了這麼多，只是想傳達一個意思：人，是由肉體和心構成的。這個所說的心，並不是伴隨自身產生的思想。事實上自己的肉體，也不受自己思想的指揮。所以，人會生病。不知從什麼時候開始就患了癌症，這就是自己的身體不服從思想的證據吧。

心不會一心只愛著妻子或丈夫。在其他有魅力的肉體和精神出現時，它會按照受、想、行、識的順序，發現並產生他人比自己的妻子和丈夫還要優秀的認識，繼而毫無辦法地被吸引而去。意志力強的話就會就此打住，將自己的熱切渴望強行壓制下去，而大多數人都會對心的誘惑繳械投降吧。而越是感受性強的人，在面對這種誘惑力的時候越不容易取勝。

因此，沒有對妻子或是丈夫產生厭煩的情緒，這才是老實的真心話吧。這麼說來，就算被斥責為狡猾、優柔寡斷，也是出於無奈吧，因為還沒有決定何去何從。從人類本性的弱點來說，既想要妻子，又不想和情人訣別，丈夫也是必要的，難道在這兩者之間無法左右逢源嗎？這才是真心話吧。

你說你在第一次遭到丈夫的背叛之後，就已經深感絕望，並開始對這個世界上的一切都喪失了信心。而假如你被騙了，這次也不會是第一次，可能只是沒有對你說而已，你覺得呢？

萬一不幸被我言中，你的丈夫也絕對沒有想要和你訣別、破壞家庭的意思。這次是你有些大意了，可能在細心地注意上有所疏漏。

正因為人心是會變的，所以在經過了十八年的婚姻生活之後，若一直以來都是持有著和剛結婚時毫無變化的心情，那心情將會很糟糕。

不管夫妻雙方對彼此是失望也好幻滅也罷，還請珍惜你們能夠結為夫婦的緣分，彼此原諒、繼續在一起生活下去。這不正是夫婦的意義嗎？

背叛亦孤獨

在我此前的生命中，曾有過幾次背叛男人的經歷。現在想來，對背叛之人絕不是討厭至極。就像是懲罰一樣，他們不得不和變了心的自己訣別，滿負著不安和艱難奔向新歡。從這點來說，在自己遭遇背叛而對方也是一個人的時候，在怨恨這該死的一切的同時，想必還是會對對方餘情未了、新生同情吧。

遭遇背叛而殘留下來的孤獨，我不想多作贅述，而背叛的那一方也絕不會滿是輕鬆和愉快。身為背叛者的男人，在周旋於兩個女人之間時說不定更是孤獨，我不知道這種稱不上苦的東西時候會悄悄地融入他的呼吸。

所謂的五蘊盛苦，是人類在這個世界上所遭受的四苦八苦這些痛苦中的一種。可以這麼說，是它釀成了我們的身心之苦。也就是說，它是因為我們對肉欲和愛欲的執著而產生的痛苦。

遭遇背叛之苦和遺憾、孤獨，我也不想多說了。我自己也生而為人，是五蘊造成的存在，不知什麼時候也還是會因著五蘊盛苦而陷於背叛對方之地。向前邁一步，試想會怎樣呢？

正在為遭到背叛而痛苦的人們，大概都會為自己的誠意、愛意居然會淪落到這般境地而鳴不平。然而，就算是自己不去背叛別人，可能也完全是個偶然，也可能只是有自己想要守候的什麼東西。明天，倘若出現一個比丈夫更具魅力的男人向你求愛，你也不能確信自己不會被其傾倒。

稍稍改變一下角度，便有了正確看待事物的餘裕了。這時，你就會從中解脫。在現在的恨意和孤獨感之下，心就像被塞滿了石棉，一絲空氣都無法透過，想必就連呼吸也變得困難和痛苦吧。

變得孤零零的自己只會胡思亂想，現在的丈夫在情人的房間裡幹什麼呢？心就像燃燒著熊熊烈火似的，被灼熱的嫉妒之火給燒的發狂了吧。雖然平日裡完全不信神佛，但人只有在陷入困境之時才會想起它們吧。相對於滿口怨言，你會這樣向神佛祈願：

「請幫幫我吧！我太痛苦了。拜託了！好寂寞啊。」

只是這樣說著，心中就裂開了一絲空隙。一陣冷風吹過，熊熊燃燒的嫉妒之火方才降了溫。

對婚後的生活熟悉至極、安心之至，這時才留意到自己的懈怠偷工。

這時，倘若因為極度的孤獨而對對方求全責備蠻不講理，而對方也已經在開始做對不起你的事的話，胡攪蠻纏也不會取得勝利，還會將自己逼入無路可退的絕境。

不管如何責備，唯一剩下的退路就是原諒。這時，即便想像兔子一樣從這條退路上逃跑，也一定會再從那個門口回來的。

或者也可以這麼說，如果沒有妻子的寬宏大量和體貼，如果妻子將逃生之路堵死了，恐怕男人反而不會從那裡走出來吧。

莫要耽於孤獨

人，一旦想到自己是孤獨的，馬上便會傷感起來。從前的少女雜誌上經常可以看到這樣的場景：生病的少女喉嚨上繫著白色的繃帶，一個人看向窗外。彩印的插圖便是窗外散落的樹葉之類。竹夢二和中原淳一的抒情畫便體現了這種寂寞的主題，對少女和年輕女性很是受用。

蕭蕭落葉，單是看在眼裡便已然讓人感傷寂寞，淚流滿面了。這種多愁善感的情緒，是少女的特權、女性的通性。

少女時代，大多數人應該都曾有過將自己幻想成悲劇中的主角，並且陶醉其中的經歷吧。在流淚的同時，自己也十分享受這種寂寞的情緒。換句話說，就是向孤獨撒嬌。更進一步說，就是和孤獨自導自演的戲劇。

少女時代的這一齣戲真是熱鬧又可愛，可若是長大成人之後還是這樣向孤獨撒嬌的話，那可就丟人了。

如果經常被戀人拋棄或被丈夫背叛的話，便好像是自己一個人背負起了這個世界的不幸似的。沉溺於自己的不幸之中，逢人便訴說自己的悲苦以尋求安慰，把這些當成理所當然的人也是有的。

這是個嚴重的錯誤。孤獨這種東西，是自己一個人不得不背負起來的行李，從別人那裡得不到半點幫助。能夠理解自己所傾訴的痛苦和孤獨的只有超越者而已，也就是神佛。

吃的東西也不吃，哭到傷心處連化妝也忘記了，不修邊幅，只是不停地說「我是寂寞的啊，孤獨的哦」，根本就無法從孤獨中得到解脫。在我看來，這種態度也是一種撒嬌。

真是覺得孤獨得不得了的時候，便和自己對決，好好地凝視一下自己吧。就用冷靜科學家的眼睛，和鏡子中的自己對決吧。如果看到的是鏡中自己粗糙乾燥的面頰，就拿出相簿來，想想自己曾經陽光開朗的笑靨吧。

與孤獨的相處之道

「可憐啊！混的這麼悲慘，怎麼可以呢？」

就這麼同情自己、鼓勵自己、自己心疼自己吧。沒有必要向任何人求助。

先去洗個澡吧，想哭的話就在浴缸裡盡情地哭，眼淚剛一流出來就會被沖走了。人是做不到在浴室裡連續哭泣一小時的。洗澡的時候，不管再怎麼抵抗，都能夠放鬆身心。順便連頭髮也洗了吧。

從浴缸裡出來時再畫個妝。

這是為了誰呢？答案是為了自己。為了男人，或是為了取悅別人而化妝，在我看來是卑微的。這次，就為了自己一個人而化妝吧。試著用一些平日裡不好意思用的顏色閃人的唇膏和眼影吧。它們之所以能擺在你的梳妝臺上，是因為在你的潛意識中擁有著嘗試做一個大膽變身的願望。這就是證據。不過化這種豔妝的話，便和你一直以來的髮型不搭了。既然決定了，那就去美容院吧。

當然這個美容院可不是你以前經常去的那家，而是你從未去過的。如果可能的話，選一個有男性美容師的地方去吧。

對你沒有先入之見的年輕男理髮師，說不定會喀嚓喀嚓幾下子就把你的頭髮給剪短了呢。這種髮型會和妝容相匹配。如果他有這種自信，也請你笑著予以肯定。

你有沒有這麼一種感覺，就是剛才淚流滿面時那種一反常態的孤獨感，在這一瞬間就被解放了出來？

接著再去趟服裝店，毅然決然地買一身新衣服吧。和撒嬌、強求他人安慰的期待相比，還是這種方式能讓孤獨的自己神清氣爽。

這以後，是去看電影還是去畫廊看畫，是去看劇還是去卡拉OK唱歌，這就是你的自由了。這不是向孤獨撒嬌，而是讓你有一個嬌慣孤獨的限度。

當你向孤獨撒嬌、哭哭啼啼滿臉陰氣的時候，人們就會遠遠地躲著你；而當你嬌慣著孤獨的時候，人們就會不由自主地靠近你吧。

雖然不知道你的心底到底氤氳著什麼樣的鬱悶，而人們只想實話實說地寬慰你的痛苦。

原本聰明的你卻認為自己是迄今為止世界上最不幸的人，鑽進了被孤獨打垮的牛角尖。不知你是否注意到了這種司空見慣的事情。

放寬心情，你會發現更多和孤獨相處的方法。

孤獨不是對外的，而是從外界向內裡窺探的眼睛。人際交往的時間也全部是指向自己一個人的。所以到現在為止，你發現自我了嗎？

你曾經深信對自己瞭若指掌，現在卻發現這個自己和想當然的自己竟是完全不同。為了忘卻心靈的創傷和孤獨的苦惱，試著花些功夫去探究一下曾經馬虎對待的自己吧。試想一下只有孤獨才能帶來的樂趣吧。這就是讀書。讀書是絕對不能被人打擾的。然後是寫作。寫作也是孤獨的工作。

當意識到自己步入孤獨以後，便會心想：迄今為止和別人一起度過的時間是多麼的粗糙。

試著把學生時代曾一度讀過的、被稱為世界名著的小說再重新讀一遍吧。少女時代一讀再讀，或者即便讀過也不明白其中的意思。現在從其中的一頁都能解開很多謎團，是不是感到很吃驚呢？

原以為記得一清二楚的故事情節，不曾想卻全然記錯了；認定是個悲劇的事情，在二十年後的今天重讀才發現原來只是喜劇的調劑。

更令人感到吃驚的是，現在所品味著的自己的痛苦和孤獨，在一個世紀以前就已經被文豪們準確詳細的寫滿了。就彷彿他們親眼看到了一樣。

《日安憂鬱》

佛蘭西絲・莎岡，將自己的小說設定為兩個主題。不管是哪部小說，都同樣訴說著戀愛與孤獨的故事。

「孤獨和戀愛。用這樣的順序表達可能才算正確。因為孤獨才是那個主要的主題，戀愛就好比是件讓人掃興的事。也就是說，人究竟怎樣才能從孤獨中逃離，這件事情對我來說才是最重要的。」

她對前來採訪她的記者如實回答說。仔細研讀除莎岡以外其他作者寫的小說，愛與孤獨都被寫到了極致。其中還有不少超越了時代的古典小說，它們的主題中也自然流淌著這樣的主題。

憑著在十八歲那年寫下的《日安憂鬱》這部處女作，莎岡一躍成為世界級的暢銷書作家。剛剛二十歲，她就將普通人耗盡一生才能獲得的金錢、名譽，以及所有的快樂全都收入囊中。然而在一次賽車事故中，九死一生的她好不容易才撿回一條命。

二十三歲那年，她嫁給了一個年長二十歲的男人，一年半以後兩人離婚。隨後她又和一個法國青年結了婚，並生了一個兒子，可最終還是和他走到了婚姻盡頭。大約四十歲的時候，她又被傳和一個比她小九歲的義大利小夥子墜入愛河。莎岡否定了這場長達七年多的戀愛。

我是在一九七八年的時候，和來日的莎岡在電視臺相遇。四十歲的莎岡嬌小苗條，和日本的同齡女性相比，她蒼老得有些厲害。然而讓人吃驚的是，她在說話時，臉上卻流露出一種閃閃發光的美麗表情。與其說是美麗，不如說是無邊無際的溫柔更為合適。會說話的大眼睛閃爍著生動的光輝，同時她的身上還帶有一種似乎不屬於人類的平靜，似乎能夠包容對方的一切。至少在和她的短暫交流中，我感受到了這位年輕女性在溫和而包容地對待她那豐富的情感經歷。

她對我不是敷衍了事，而是在用心而認真地和我交流。在和這個和藹可親的人分別之前，她的溫柔就好像一盞明燈，點亮了我的胸口。

我想，早在她十八歲的處女作裡，依稀就能看出她擁有著一種能夠寫好愛與孤獨的才能的祕密。

《日安憂鬱》是一部長達二百頁左右的小說，寫的是一個名叫瑟西爾的十七歲少女在一個夏天裡的回憶獨白。

避暑地的父女

故事發生在夏天的坎城。瑟西爾和他的父親雷蒙一起來這裡避暑。在瑟西爾兩歲的時候，她的母親就已經去世了，此後的十五年她便一直和她的鰥夫父親生活在一起。雷蒙是個時髦的美男子，工作之餘也不枉追求豔遇。要是他的生活裡少了女人，他就會渾身難受。當然，他的身邊也從不缺少女人相伴。這不，和他一起前來避暑地的艾樂莎就是他時年二十九歲的小情人，也算是他的半個妻子了。父親年輕的情婦們都能和瑟西爾相安無事地生活。雷蒙究竟在想些什麼呢？居然邀請亡妻的女友安娜前往這個別墅。四十二歲的安娜是個教養優雅、容顏美麗的服裝設計師，是個迷人的職業女性。現在她已經離婚了，恢復了自由身。

自己開車而來的安娜看見艾爾莎也在，感到吃驚也在所難免。奇妙地同居生活就此開始了。反應遲鈍的艾爾莎將安娜當成了自己強有力的對手，日日為搶奪雷蒙而爭風吃醋，故意當著安娜的面在大半天裡勾引雷蒙上床示威，反倒遭到了大家的輕蔑和反感。

表面上依然陽光，但實際上再也不想看見她那張臉。雷蒙的心已經從沒腦子艾爾莎身上轉移，而是被智慧、優雅而又充滿趣味的年長女性的魅力俘虜而去。

疲於單身的孤獨生活，安娜又想結婚了。她被這個輕薄而又富有男性魅力和生活能力的雷蒙所吸引，想要和他結為夫婦，希望能夠擁有一個安穩的晚年。

在去坎城賭博歡舞的一個早上，雷蒙和安娜終於在車裡互訴衷腸了。目睹了這一切，瑟西爾便對安娜說他們父女倆有些累了，想要先回去休息。瑟西爾勃然大怒，和父親吵了一架。

「你把我這個怕曬的紅頭髮女孩帶來海灘，是要把我連皮帶人地扔在這裡嗎？你讓我怎麼去跟艾爾莎解釋才好？」

「我會去解釋的……就說我找到了另外一個想和我一起睡覺的女人，下次你還過來吧。怎麼樣？」

安娜一個巴掌飛向瑟西爾的臉頰，雷蒙發出一聲慘叫。

艾爾莎一邊哭著一邊離開了，安娜把要和雷蒙結婚的情況告訴了瑟西爾。

孤獨，你好

安娜想要按照自己的方式將這對懶散的父女給調教好。保守束縛的瑟西爾漸漸對安娜產生了一種憎惡的情緒，伺機復仇。她說服了提著行李歸來的艾爾莎，同時利用自己的情人西瑞爾——她在這個夏天認識的一名法學院的大學生，他們曾在一起瘋狂地體會性愛的快樂——上演了一齣戀愛的戲碼，而且故意讓雷蒙看見，受嫉妒心理的煽動，她陰謀策劃者艾爾莎回到父親的身邊。

艾爾莎收起了自己陽光的一面，變得迷人起來，她像妓女一樣妖媚，閃耀著美麗誘人的氣息。因為她深知瑟西爾的父親難以抵抗這種魅力。

瑟西爾的陰謀成功了，安娜目睹了松林中雷蒙和艾爾莎恢復關係的現場。

當瑟西爾游完泳，回到露臺上攤開報紙時，安娜也從林子中跑了回來。她那跌跌撞撞的腳步很危險，就像個行動不便的老人。眼看著就要跌倒……安娜搖搖晃晃的身體往車庫去了，漸漸地消失在遠方。知道一切的瑟西爾也不顧一切地跑了過去。瑟西爾倚在快要發動的汽車上不讓它前進，她在乞求安娜的原諒。

「安娜，我們不能沒有你！」

安娜抬起頭來，把臉歪向一邊哭了起來。瑟西爾嚇得毛骨悚然，方才開始反省自己究竟對眼前這個敏感的人做了些什麼。

安娜四十二歲，她很孤獨，她愛著一個男人，想要和他共同生活十年、二十年，一直幸福下去……可是……。

「對於你們兩個而言，誰都不是必不可少的。」

安娜說完絕塵而去。她駕駛的汽車在途中發生了意外，從五十公尺高的地方跌落了下去。而安娜，也就此香消玉殞。

事故身亡的最後，這剩下了這台汽車的殘骸。這是雷蒙送給安娜的豪華禮物。

瑟西爾知道自己並不愛西瑞爾，她愛著的只是他所帶給自己的快樂。夏天過去了，留給瑟西爾的只是悲傷。

這就是《日安憂鬱》的故事梗概。

這個小惡魔似的不良少女所做下的反覆無常的惡作劇，殘忍地粉碎了四十二歲熟女想要從孤獨中解脫的美夢。這部小說中的所有人物都氤氳著一種孤獨的情緒之中，可能就是這個調調，成為了這部通俗文學故事中經久不散的芬芳。

關於十七歲少女瑟西爾的孤獨，書中一句話也沒有提到。然而對於一個兩歲就失去母親的少女來說，年輕的瑟西爾有著異常孤獨的過去，這個過去深深地滲入到了她的言語和行動裡。瑟西爾的孤獨，能夠允許父親和頭腦簡單、妓女一樣的艾爾莎發生男女關係，卻不能容許父親在精神上和其他女人產生交會共鳴。十七歲的少女終於能夠理解那個四十二歲女人心中深深的孤獨了。這個悲慘結局的瞬間，就是這個故事的壓軸戲吧。

安娜的死亡不可挽回。孕育著她死亡的夏天過去了。此後，孤獨會一直伴隨著瑟西爾生活的左右，永遠都不會有消弭之日了吧。

不是《日安憂鬱》，而是「孤獨，你好」。我想，後者才是這部小說所想傳達的意思吧。

《安娜‧卡列尼娜》

周所周知，托爾斯泰的《安娜‧卡列尼娜》作為舉世聞名的世界性傑作，曾被屢次改編成電影和戲劇走入人們的視野。

這部小說雖然以十九世紀末的俄羅斯上流社會為創作背景，但即便在二十世紀末的今天，它依然被改編成電影和戲劇，小說也廣受閱讀。這不得不歸功於女主角安娜‧卡列尼娜的個性。現在不僅僅是女性，就連男性也開始體會訴訟的魅力了。

安娜在和年長她二十歲的卡列寧結婚以後，生下了他們的兒子謝遼沙。卡列寧在官場中是個地位顯赫的人物，而身為出世主義者的他其實是個無聊的男人。即便如此，他卻擁有著堂堂的風采、學識和聰明。對於這樣的丈夫，安娜倒也沒有什麼特別的不滿，她尊敬他、愛他，度過了八年平安無事的婚姻生活。

突然有一天，一個被稱作愛情的猶如天災般的不講理的力量襲擊了她。

一個偶然的機緣，她在莫斯科的月臺上邂逅了一名英俊的青年軍官佛倫斯基。佛倫斯基在看到安娜的一剎那，心兒就被安娜的魅力給俘虜了。擦肩而過的一瞬間，她那天真可愛的表情中特別是溫柔和可愛深深地吸引了他的注意。在他的眼裡，安娜‧卡列尼娜全身上下都閃耀著生動的活力，無意間浮上面頰的微笑是那樣的充滿魅力。

她眼睛裡流露出來的光輝，迸發而出的是連安娜自己都沒有注意到的生命力和潛在的熱情。而一直以來，她都在極力壓抑著這種情感光輝的自然流露。正是這旺盛的生命力和激情，將安娜推向了一條不會有結果的愛情不歸路。

在和天真無邪而又正直快活的安娜的交往過程中，佛倫斯基不知不覺便陷入了認真的愛戀。在相逢的一年以後，安娜終於委身於了丈夫以外的男人。這時，她的苦惱也隨之來了。

對待這份愛，佛倫斯基是誠實的。他開始對安娜施加壓力，希望能夠早日拋下一切，開啟屬於他們兩人的愛的生活。而安娜卻不得不考慮到謝遼沙，況且作為一個老實木訥的女性，她無法做到像社交界的其它女性那樣熟練老道地游走於婚外情之間。因此，當佛倫斯基在一場盛大的賽馬會上從他的賽馬上摔了下來的時候，以為戀人已死的安娜情不自禁地從觀眾席上大聲驚叫了起來。她在公眾面前驚慌失措，恰恰將她們兩人的關係曝光在了眾目睽睽之下。

而且回家的馬車中，她彬彬有禮地親口對丈夫說出了自己的心聲。

「我愛著那個人，我是他的情婦。我無法再忍受你了，你是個可怕的人，我憎惡你。隨便你怎麼處置我吧。」

不倫盡頭的孤獨

相對於妻子失貞的事實，卡列寧更擔心自己的社會地位會受到威脅。為了掩飾這件不體面的事情、對輿論蒙混過關，他沒有和不貞的妻子離婚，而是繼續和她生活在一起。

安娜已經對名聲和流言蜚語置若罔聞，不僅沒打算斷絕不倫關係，乾脆還把情人帶回了家。沒過多久，安娜便生下了一個私生子。這次生產讓她患上了產褥熱。在瀕臨死亡的時候，她開始語無倫次，祈求能夠得到卡列寧的原諒，也懇請連日來照看她的佛倫斯基能夠原諒她。

不堪屈辱和失去安娜的痛苦，佛倫斯基企圖開槍自殺，只是最終未遂。從病情中康復過來的安娜發現，自己對佛倫斯基的愛火不僅不減從前，反而還燃燒得愈發強烈了。終於，兩個人放棄了一切，私奔到了義大利。而安娜所作出的犧牲，顯然要比身為男人的佛倫斯基所作出的犧牲更大。

在義大利的甜蜜蜜月只持續了很短的一段時間。安娜覺得開始投身於工作的佛倫斯基對自己產生了厭倦，受嫉妒和妄想的折磨，安娜日日夜夜地深受其苦。她失去了世俗的名譽、家庭和愛子，她成為了一個說謊的女人、不貞的女人、墮落的女人。這樣的安娜，在這個世界上可以依靠的只有一個人，他就是和自己共同選擇了這條荊棘之路的佛倫斯基。

佛倫斯基絕對沒有背叛安娜。可即便如此，安娜還是預感到自己會失去佛倫斯基。受這種預感的威脅，哪怕佛倫斯基就在自己身邊，她還是會妄想他的心裡裝著別的女人，心亂如麻。

故國、住慣了的城市、親人和朋友，這一切全部都失去了。此時安娜的孤獨，絕對是外人難以想像的。最後，安娜把佛倫斯基當成是自己的命一樣緊緊地抓住不放。她的這種心情，想必人人都會嘲笑吧。

嫉妒是戀愛的衍生物。而嫉妒和孤獨就像血肉相連的腹背兩面，就算想分也分不開。

兩人從義大利回到了彼得堡，遭到了冷遇。在這短暫的逗留時間裡，社交界完全將這二人拒之門外。他們對沒有離婚就和情人私奔的安娜的輕蔑情緒超出了預期。對於安娜這種死腦筋而又沒能圓滑處之的情事，他們很難原諒。更加聰明地處理情事，裝作若無其事的樣子來維持表面的體面，這才是這個社會的秩序。

被社會逼得孤立無援的安娜，她的不安和孤獨愈發嚴重，神經變得不穩定，嫉妒和妄想也與日俱增地誇大化了。她故意穿著顯眼的衣服去劇場，成為了大庭廣眾下被嘲笑的對象；她瞞著佛倫斯基偷偷回去卡列寧的家裡探望謝遼沙。無論怎樣做都不能令她保持平靜，不知不覺間，她養成了使用嗎啡來安撫情緒的癖好。

就連佛倫斯基也漸漸開始對安娜束手無策，安娜偏執的愛和嫉妒也越來越讓他心煩。只是為了一點微不足道的差錯，安娜就和佛倫斯基爭吵不休，心想如果自己死了或許就不會再這麼痛苦。於是，絕望的安娜選擇了死亡。

安娜在火車站的鐵軌前，讓呼嘯而過的火車結束了自己無望的愛情和生命。終於，她從這個世界的孤獨中解脫了出來。

安娜．卡列尼娜的悲劇絕不稀奇。安娜無法對偽善和虛偽妥協，所以選擇了結束自己的生命為這段戀情殉葬。這個選擇將安娜所處的悲慘境地展現到了極致，反而讓安娜的罪孽閃耀著神聖的光輝，也更加能夠打動我們的內心深處吧。

不管是愛還是被愛，人是無法擺脫與生俱來的孤獨的。請再次體會一下這一點吧。今晚有些太晚了吧，不過，兩個人一起結伴而回就沒問題了。路上請小心。

第六夜　男人背後的孤獨

留守丈夫的狼狽

歡迎光臨。好久不見了。你是什麼時候從印度回來的？前天回來的話，那就是你一回來就趕來京都了呢。看你消瘦了一些，還請多多注意一下身體，不過我想憑你的身體條件應該問題也不大。但是你四十六歲就離了婚，連兒子都和妻子一起去了，這該是多麼的寂寞啊。更何況，不管怎麼說，在日常生活中都多有不便吧。迄今為止，都是男人離家出走，留下女人在家裡洗衣做飯。因為不願意出走的人減少了，現在也會很輕鬆吧。

我從一開始便知曉你們兩個的感情，但是出了這種事情，還真是把我嚇了一跳呢。你們兩個都是顧家的人，可以說是相親相愛的模範眷侶了，我一直都對你們家庭的幸福程度毫不懷疑。但是單讓外人來看，對你們夫婦和家庭的實際情況確實是不知情呢。

當我突然聽說百合子已經離家出走的一瞬間，我不禁感慨，難道我們倆的關係竟已然到了如此見外的地步了嗎？這讓我很憤怒。然而試想一下，對於這個問題而言，他人的意見之類也起不到太大的用處。我經常這麼說：「自己好好反省一下，只有時間才能給你答案。」自然你們也不會跟我商量吧。而這樣做的結果，就是你們只會希望我能給出一個結論。

別跟個婆婆媽媽的女人似的，把自家的家長裡短到處去跟別人說。在你說這話的時候，我不住地點頭表示贊同。

你說百合子也已經四十二歲了，你希望一切都能夠重新從頭開始，你說妻子也會佩服你的這個氣魄的。雖然我知道這是你逞能才說的話，但我也理解了你想要表達的意思。你能產生這樣美好的領悟，但對對方的寬容卻是靠不住的。

妻子討厭封閉的結婚生活，和婚前一樣，對丈夫有些不滿。她希望結一張網，保持一段不算遠的距離，而網的那一端則牢牢地握在丈夫手中。

就好比是永遠逃不出釋迦牟尼佛手掌心的孫悟空，或許不管夫妻也好情侶也罷，能在對方的掌心裡跑跑轉轉才是幸福和安全的。百合子是具備生活能力，可草草做出離婚的決斷未免為時過早吧。

「就算我有了新男人，可這種戀愛也不是導致我們離婚的理由。這三四年來，你都沒好好看過我一眼。就算說話的時候，視線也從我頭上飛過，不知看到哪裡去了。我明明已經知道了這些，你卻不想承認；我是真心想和你好好商量事情，你卻敷衍塞責，不溫不火地熬日子。我已經受夠了這樣的生活了。」

百合子是這麼說的吧。

至於你，或許真像她說的那樣，非常輕易地就答應了吧。你這種善解人意真是有點過頭了，在你妻子看來，她會覺得你是個傻子，任何事情都無法獲得你的認真對待，繼而就會產生不滿的情緒。

可百合子畢竟帶著兩個孩子，就算找到了新的戀人，我想日子也不好過吧。對於她的處境，我真是非常擔心呢。不知道她怎麼樣了。

沒錯，聽說她已經和那個戀人分手了。這也是太快了。不過那個男性一定沒有想到，百合子居然會帶走兩個孩子，破壞掉原來的家庭。

畢竟是個帶著兩個孩子的四十多歲的女性，就算她身為職業女性能夠對生活有所保障，但是即便對男人來說也是個相當大的負擔吧。她沒有退縮。就算你原諒她了，可她也沒有回家，這才是百合子的作風。所謂覆水難收，她便是這麼說給自己聽的吧。

男人是容易感到寂寞的生物

年過四十卻想要重新來過新生活，對於妻子的此番提議深表佩服。若說理解，我想這就是你們這代人微妙的覺醒吧。我無法去評判它是好是壞，然而你說你不想去為了在社會上出人頭地而忙忙碌碌爭來鬥去的啦，比起工作更希望能夠歡享閒暇時間啦，聽上去似乎挺美好，但卻可以說是沒有一丁點的活力。

在學生運動盛行的青春時代，或多或少都曾品嘗過心靈的創傷和挫折。驀然回首，男人們認為自己看得很透，會傾向於稍稍裝腔作勢地心想人生怎麼會是這個樣子。而女人們則會氣得冒煙，覺得大家不是一般的好鬥，似乎直到現在都還帶著一副對誰都無法原諒的心情。對離婚毅然決然的也是這一代人。

女人們可是活力四射的喲。就像你現在這個樣子，若說重返單身不感到寂寞，那肯定是在撒謊。實話實說的話，一方面會你會覺得這是個解脫，畢竟是恢復了自由身，我明白這種心情。然而，實事求是的講，男人比女人更容易感到寂寞，孤獨感也會更強一些吧。

對於你們這類對萬事都持無所謂態度的人，我無法苟同。而你們這一代人中，也存在一些聚精會神投入工作、為了工作目不斜視、奮不顧身的人呢。見了這一類男人，我猝不及防地大吃一驚，因為我看到了他們孤獨的影子。

啊，是嗎？我想，那個人說不定是害怕去正視自己的孤獨，所以才不顧一切地投身到工作之中呢。

平日裡精神充沛、頑強不懈地工作，這種男人背地裡更是孤獨。

東鄉青兒的背後

那天是今東光先生的葬禮，送葬儀式安排在了上野的寬永寺。當時遠在巴黎的東鄉青兒火速搭乘飛機歸國，剛下飛機就從機場直奔了過來。

今東光先生和東鄉先生，在青年時代就是好朋友了。東鄉青兒體格健壯，雖然不算高大，但看上去卻很協調。就是他這種畫畫那麼美麗的人，時髦的衣服上卻總是沾有汙垢。內在的豐盛遊移於表面，這個富有男子氣概的人生著一張漂亮的臉，不管是眼神還是體態，都氤氳著一種說不出來的魅力。

很久以前，我也曾出演過文藝春秋的文人戲劇。當時，在謝幕的時候，全體演員都回到舞臺上向觀眾席拋擲手巾。當時大家都不講究什麼順序了，一股腦地擠上舞臺。不經意間，我發現站在自己旁邊的這個男人正把手搭在我的肩膀上。正是東鄉先生。

我們此前並沒有互相說過話，只是認識這張臉。東鄉先生換上浴衣，身姿甚是瀟灑，對他的這種魅力我簡直是大吃一驚。

那時我才剛剛四十歲，算起來東鄉先生也該是六十歲出頭了吧？

不愧是二科（編註：二科會，日本著名美術團體「二科會」）的泰斗風範，東鄉先生威嚴而穩重，存在感和氣場都很足。受他的魅力和溫和感染，我竟忘了所處的場合，一瞬間竟忘我地恍惚了起來。

那天，能夠和東鄉先生站在一起拋擲手巾，我已經感到非常幸福了。

像宇野千代那樣的美人兼才女，在年輕時就喜歡上了東鄉先生。東鄉先生和其他女人殉情未遂，不久之後兩人就結婚過自己的小日子。對於這件事情，我也有所耳聞。那天的東鄉先生，充滿了成年男性的自信和力量。雖然已經過了男人最好的年齡，但他給人的感覺卻是精力充沛、感覺良好。

打那之後的歲月裡，我們都未曾謀面。直到十年後的寬永寺葬禮，我們才久別重逢了。雖說如此，作為今先生的佛門弟子，我早已出家為尼，穿戴成僧人的模樣坐在做法事的僧人的座位上。

記不清法事已經開始了多長時間，接下來就是致悼詞的時候了。那時，東鄉先生方才匆匆趕到。之間他來到遺像前的祭壇前，呼喊著「小今……」言語哽咽。身穿黑色套裝的東鄉先生，全身上下依然殘留著巴黎的氣息。我能夠感受到這種別致的感覺。他的悼詞並不是刻意準備的，而是使用了和生前的今先生對話的口氣，都是他埋藏在內心深處的獨白。兩人漫長的友情，真是炙熱無比、萬年長青。

哭泣的後影

那天的葬禮結束之後，人們紛紛散去。因為還要料理一些後事，我最後一個離開了寬永寺。在院子裡的大樹底下，我看見了一個孤零零的身影。那個身著黑色套裝、戴著黑色軟帽的身影，正是東鄉先生。

東鄉先生以為院子裡的人都走了，便一個人留了下來看向天空。那個身量結實、富有男子氣概的身材率先吸引了我的目光焦點。東鄉先生完全沒有注意到我的存在，只留給我一個孤獨的背影。這個背影比普通人的都要寬大，但不知為何，卻似是帶著寂寞的表情。

我倒吸一口涼氣，呆呆地站在那裡。他在大徹哭泣。我瞬間感受到了這點。我就跟看到了不該看的東西似的，怔怔地站在那裡一動都不動。

對於失意潦倒的男人來說，他們的背影很容易顯得寂寞或是寒酸，這是情理之中的事情。然而像東鄉先生這麼成功的人物，他的背影竟也帶著深深的孤獨的表情，我不禁感到驚異。

在我看來，今天來了這麼多弔唁今先生的人，其中再沒有比東鄉先生更由衷地感到悲傷的了。

不一會兒，故作泰然自若的東鄉先生的大眼睛裡就噙滿了淚水。沒過多久，我也莫名其妙地開始流起了眼淚。

「啊，瀨戶內老師，我們兩個都很寂寞啊。」

東鄉先生認出了我，深切地呢喃說。

這便是我和東鄉先生相遇的最後。悼詞的結尾，東鄉先生如是感嘆道：

「小今，等我。用不了多久，我就會過去陪你了。」

東鄉先生果然沒有食言。就像他說的那樣，不久以後，他也追隨今先生往彼岸去了。

這麼說來，宇野千代在《留戀》這部小說中，將東鄉先生背影的表情給完美地描寫了下來。稍等，我去把書拿來。啊，她是這麼寫的：

——討厭。在想要殺了他的一瞬間，竟沒有一丁點的回憶。四五天前，我在報紙上看見了柏村新吉的照片。為了迎接即將到來的秋季展覽會，他的展銷畫作正在接受審查。雖然他的周圍圍了一堆的人，但還是能夠馬上認出他來。他頭大，肩胸健壯，上身頎長，像女人一般豐滿的腰下出乎意料地長著兩條又瘦又短的腿。他的體態像獅子一樣極具特色，加代子想都沒想便嘟囔說：「你還是穿著那條運動褲啊。」

他下身穿著一條白麻的運動短褲，上身是短袖針織衫，是眼熟的夏季工作裝。從水泄不通的人堆裡向他那胖墩墩的背影看去，加代子有一種奇妙的感覺。每個人都有這樣的時候，而新吉的背影也沒有一點寂寞的樣子。不管走到哪裡，他留在人前的都是這個背影。在停車場告別後，歸途中的他也是這樣的背影。誰都沒有注意到的，他泰然自若地向背後撇去的那一眼——所有的背影都飄在空中，就像燈光突然熄滅時、虛無的、像風吹過一般的寂寞，就這樣出現在照片裡。「我本是在生活、傲然地活著。」積極的新吉一直宣揚著這樣的理念，而這張照片卻出賣了他。

這是宇野年輕時寫下的小說，現在讀來，竟一點都不覺得老舊，真的很不錯。或許在不知不覺間，我們已經借由宇野的眼睛見識過男人背後的孤獨了吧。

不知不覺間，宇野的眼睛從記憶中東鄉先生的背影中復活了，或許就像我的隱形眼鏡一樣，和眼睛黏在了一起呢。

儘管如此，還請不要再繼續逞能了。當然，單身的自由可以理解，享受單身時光也能夠明瞭。你們彼此試著分手、各過各的生活，今後再重新走到一起也不是不可能的事情。作為男人，到時候你試著主動點，說不定百合子突然就被你折服了呢。畢竟原本就是個坦率而正直的人嘛，純粹過了頭，也不願意對婚姻生活妥協。

用不了多久，百合子便會覺得疲態百出了吧。而你，或許也會顯露出一個寂寞的背部表情呢。

啊，你要回去了嗎？起風了呢。明天該會有不少落葉呢。歡迎下次再來。

第七夜　未亡人的孤獨

幸福是什麼

千種女士，你許久前寫來的信我已經拜讀了。無論何時，你的信總能夠讓我淚流滿面。今天晚上沒有月亮，也正因為此，星星才越發顯得熠熠生輝。你在來信裡說，每當凝視星空，便仿佛看到了丈夫閃現著光芒的魂魄。想到這裡，一時間我也往星空看去。真快啊。自從你最重要的人離你而去，至今已經過去了一年半多呢。

讀了你今天的來信以後，我又把你的第一封信找了出來，又重新讀了一遍。

這封信讓我想到了櫻花，在清晨，像雪一樣飄落在手心的櫻花。

——今年的櫻花比往年盛開得要早得多，柔軟的花瓣像細雪一樣，終日裡輕輕地急散而去。

庵主師父，我的丈夫衫野浩二是在一九九〇年三月二十二日上午三點十八分離開了這個世界，享年三十四歲。他患的是原發性肝癌，查出來剛好三個月的時候，他就像醫生預告的那樣迎來了死亡。三十四年來他無論做什麼都是善始善終，卻不曾想那麼快就離開了這個世界。

突然給庵主師父打電話，是在丈夫去世前第四天的早上。那個時候，我對丈夫幾乎已經不抱希望了。元氣耗盡的我已經精疲力竭了，感覺自己就跟快死了似的。至於為什麼會給你打那通電話，我現在也記不得了。因為書本的背面留有你的電話號碼，我就跟夢遊症患者似的，腦子一轉不轉地機械地撥起了號碼盤。這本書是我丈夫生病以前買回來的。「給你！」他一邊說著，一邊笑嘻嘻地給我遞了過來。他知道我喜歡庵主師父寫的書，便買回來哄我高興。

突然在電話裡聽到庵主師父的聲音，我記得自己的身體不住地顫抖著。就像被溫暖的手掌撫摸著脊背一樣，我的後背不自覺地感受到一種快慰，便在電話裡抽抽嗒嗒地哭了起來。

庵主先生耐心地等待我恢復平靜，方才開口說：

「很難吧，說出來或許會稍稍好受些。」

我的丈夫奄奄一息了。我大概是這麼說的吧？我記不得自己是怎樣語無倫次地傾訴的這個事情。只記得庵主師父沒有掛斷電話，一直聽我哭訴到了最後。

「放棄是不行的。要一直祈禱，直到最後的最後。」

庵主師父如是勸道，並告訴我說，從朋友和熟人那裡也聽到過一些類似的案例，那些人的生命要遠比醫生的死亡判決日長的多。

請繼續祈禱吧。這句話給了我多麼大的鼓勵！

三月初的時候，主治醫生宣告丈夫將無法再撐過三個月了。聽了他的話，我便決心要片刻不離地守在丈夫身邊，三月六日向公司提出了辭職申請。正在這時，我接到了醫院打來的電話，說丈夫病倒了，因為是腦子出現了病狀，也不知道是否能夠恢復到原來的樣子。因為丈夫的情緒很不穩定，主治醫生建議給他使用安定劑，這麼做的話，就能提高他維持鎮定地進入昏睡狀態的可能性。可過不了多久，他可能又會返回到普通的精神狀態，拖著個病軀，連五十公尺都走不到。

接下來是腹部積水的抽取，胸部積水的抽取，直接往肝臟裡打點滴。對病人來說，這兩個星期真是一種煎熬。這樣的話，還不如給病人注射安定劑，讓他本人在不知情的情況下進入到昏睡狀態中去，我想這樣他還能好受些。這真要這麼做的話，就無法和他說再見了。

死因是三月二十日晚上的吐血。從二十一日開始，他又回復到了腦病變的狀態，陷入了呼吸困難之中。母親和我在拚命地看著他，卻沒有想到這就是他生命的最後階段。

二十一日，我們做好了迎接探望者的準備。以母親、兄長、姊姊、外甥、和侄子為首，自家的親朋好友都來了。寒暄過後，臨別之際，他還告訴我們要「加油」。問候的人剛剛消失在走廊，我就忍不住失聲痛哭了起來。將死之人卻還要反過來給苟存之人打氣，真是不可思議。

腦病變發病以來，他的整個人也變了，視線也開始模糊不定了。在去世前的幾分鐘，他看看我，看看母親，好像要說什麼似的，卻什麼都說不出口。

丈夫在那個時候究竟想說些什麼呢？……是想說他不想死、還想繼續活在這個世界上？是想說他恨我們對他撒謊？……我永遠都忘不了丈夫臨終前的那個表情。

啊，那是怎樣的三個月啊！

去年十二月中旬開始發燒，從那開始就已經有不好的預感了。

今年一月十五日的宣告……被我告知實情後，兄長、姊姊、好友們的眼淚……。

二月一日，下定決心要對丈夫撒謊，絕不能把有關病狀的實情告訴他。

二月下旬，只有這麼一次，想要把隱瞞的實情告訴他。

三月二日，被告知丈夫無法撐過這個月了。

之後過了四天，終於還是把丈夫的病名告知給了父母。

三月六日出現腦病變，開始抽腹水，抽胸水。

三月十五日，被告知病情已向肺部轉移，然後丈夫便開始吐血。

現在回想起來，簡直是讓人六神無主的日子啊。一月十五日，我下定決心絕不在丈夫面前哭泣、絕不氣餒、絕不心慌意亂、絕不放棄，一直要堅持到最後。我簡直不相信，憑著自己的力量，我居然做到了。我想，正是因為有那些知道丈夫病情的人，他們誠心誠意地為我們祈禱，鼓勵並守護著弱小的我，我才能夠堅持下去。並且我也相信，丈夫一定會和病魔鬥爭到底。

最後，丈夫也覺察到了自己的病名。儘管如此，為了不讓我感到悲傷，他從未向我說過痛苦之類的話。在丈夫去世的前兩天，他說想把從醫院借來的小東西帶回家，這樣出院之後就可以用了。他很關心我，讓我加油繼續活下去。對於這樣的丈夫，我打心眼裡尊敬他。

庵主師父，我無論如何都無法理解，那樣溫柔的一個人，他什麼壞事都沒有做過，把別人當成自己的親人一樣主動去照顧，為什麼會攤上這麼悲慘的事情？不甘心啊不甘心。丈夫的命是被誰給換走了吧？

如果在我和他相遇的時候就已經遇見了今天這樣的事，我想我依然會跟他結婚。即便是現在，我也沒有覺得自己不幸。

我也不知道是為什麼，在剛剛和丈夫相識的時候，我在冥冥之中就產生了一個令我感到不安的預感：我無法和這個人長相廝守，一直走到生命的盡頭。可我們在一起的生活很幸福，我便以為是自己在胡思亂想。然而，預言最終還是應驗了。

對於丈夫來說，我算是個什麼樣的存在呢？我不諳世事，只會對著丈夫撒嬌而已。

正因為此，我才會對丈夫的病情一無所知，直到病情擴大方才如夢初醒。我就是他的草包妻子，無能又愚蠢。

住院期間，丈夫是那麼的不安，一個人發起愁來就走不出去了。如果能夠代他受罪，我情願將自己的胸腹撕裂，把我的血肉全部換給丈夫。他應該在這個世上繼續活下去，三十四歲就面臨著死亡的裁決，真是太過分了。

我和丈夫的相遇也是佛祖所作的決定。在他短暫生命的最後六年裡，是佛祖賦予了我這個任務，讓我好好守護丈夫的吧。就算是謊言也無所謂，我還是想把它告訴每一個人。我什麼都不懂。現在的我就只知道一點，就是丈夫耗盡了六年的心力讓我明白的道理：與人為善，只要活著，不管怎樣艱難，都要好好地活下去。

占用了你那麼長時間，真是不好意思。多虧了你，我的心裡才稍稍輕鬆了一些。請允許我繼續給你寫信。給庵主師父寫的信，總感覺身在淨土的丈夫也能看到似的。

千種女士，從你之後的來信中，我可以聽到你孤獨的呻吟，有的只是極度的痛苦。「為什麼只有我們會受到這樣的懲罰？憎惡他人的幸福，眷戀別人家的燈光。把那個人還給我吧。這些願望都無法實現的話，就讓我到那個人的身邊去吧。」你的信裡總是出現這樣的話語。

「幸福是什麼？人生是什麼？愛是什麼？活了二十九年，卻連一個都沒想明白。即便如此，難道還必須要繼續活下去嗎？」你在信裡這麼寫道。

這封三十年前的來信，字裡行間都隱藏著你在失去摯愛的時的寂寞和痛苦，仿佛每一個字都氤氳著紫色的煙霧。我看了，連一句寬心安慰的話都說不出。在你的孤獨之中，還能生出什麼樣的救贖？我打心底地深深歎息著，不禁為你所愛之人的菩提和你的心安而祈禱。你還年輕，一想到你今後的漫漫人生路上會充滿著可憐的孤獨和寂寥，我就會熱淚盈眶，不勝唏噓。

事到如今，我想，無論是怎樣的語言都無法去安撫你痛徹心扉的痛苦，而我能做的，就只剩下虔誠的祈禱了。

孤獨的深淵

千種女士，今天收到了你久違的來信。信裡的內容真是值得稱讚，讓人深受感動呢。

──自從丈夫過世以後，已經過去了一年半了。許久未和你聯繫，實在是不好意思。

所謂歲月如白駒過隙，時光還真是飛一般地轉瞬而過呢。

兩年前，在丈夫的身體還算硬朗的時候，深秋還是讓人感到幸福的。然而去年的深秋，剛剛失去丈夫的我卻整日整日地過著昏天暗地的生活，我第一次體會到，原來秋天也可以是那般的寂寞。再加上所有那些與病魔做鬥爭的悲慘日子……一天天，一夜夜，就像播放電影一樣忽閃忽閃地浮現在我的眼前。

真是的，究竟是如何才一步步地淪落到如此境地呢？現在想來，就像是暈頭轉向地被拉向了一個深不見底的黑暗沼澤。

就這樣，我居然自己一個人繼續活了下來，真是不可思議。雖然身體裡擠滿了悲傷的細胞，但我在晚上也還能安詳地睡去，早上起來也能習慣性地吃些東西，和別人說說笑笑。我越來越搞不懂這所謂的人類的精神構造了。

儘管如此，在悲傷的最底層，我有了一點一點開始站起來往上爬的可能性。就是這個被人們常常說起的叫做自然治癒力的東西，能夠治癒因悲傷和孤獨而衰弱至極的內心吧。

日復一日，早上一睜眼便心想丈夫都去世了一年了，而我又開始了苟延殘喘的一天。沒有絲毫喜悅，剩下的只是滿滿的失望感。睡覺以前，面向丈夫的牌位，祈禱丈夫能將熟睡的自己一同接走。寂寞得簡直要發瘋了——這樣的祈禱已成為家常便飯。周祭過後，才終於有一縷微弱的光線，穿透無邊的黑暗走到了你的心裡。

從那以後，你便想避開醫療相關的一切事件。每當在報紙上的廣告欄裡看到癌症之類的字眼，便會條件反射地閉上眼睛。

大約在周祭以後，看到這樣的文字才開始不再閉眼。倒不如這麼說，對於生病和醫療相關的報導還是會自然而然地被吸引過去，無法從那裡轉移視線。然後我在春夏之際，開始了醫療事務的學習。關於癌症，關於告知，關於腦死，關於衰老，關於有尊嚴的死亡……我想，我必須窮極一生來尋求自己的答案。我不知怎麼考慮才算是正確，面向丈夫的牌位，該何去何從呢？倘若是你處在這個位置，又該如何考慮呢？追問一直在持續。

那個時候，丈夫無論何時何地都知道我的心裡在想著些什麼。也有些時候，他便乾脆反過來問我說：這可是個難題，千種你是怎麼想的呢？丈夫生前，只有從彼此肌膚相親的性愛中，我才會感受到彼此的水乳交融，心想：啊，兩個人合為一體了啊。而自從丈夫去世以後，我反而開始感覺到，無論什麼時候，丈夫始終都與我同在。

我開始想把自己的一生都獻給醫療事業，從事醫院的相關工作。因此，這次我來到了職業介紹所，試著去應聘了職業培訓學校的照護員。照護員這個詞，用外文寫顯得比較洋氣，總而言之，就是通過為期六個月的課程來學習怎樣照顧別人。

「照護員可是個辛苦的工作啊，為什麼還要特地來找這個苦吃？」姊姊們都這麼勸說我放棄。然而，就在我當年照顧丈夫的時候，我對如何擦拭病人的身體還是一無所知。我的護理會讓病人不安、煩躁，有時還會令他感到恐怖，這些都是相當悲慘的回憶。在瞭解了基本的護理方法之後，我便能更加得心應手地將病人照顧得很開心，這麼想來，我真是悔不當初啊。

同樣的注射方式，如果給病人打針的是個熟練的護士，那麼病人就會很開心。

隨著高齡化的不斷推進，在護士人員短缺的日本醫療，將來若是少了護工的支持恐怕也是不行的吧。

身為人，我為自己的不成熟而感到尷尬。不過，隨著學習和經驗的積累，我希望在對待那些飽受病痛之苦的人們、孤獨的老人和殘疾人時，自己都能夠像對待自己的親人一樣充滿愛意地去給予照顧。是不是有些太自高自大了？如果我能成為一名合格的照護員，我希望能把護理方式傳授給各式各樣的人群，希望能夠給臥床不起的老人和失智老人提供護理服務，為他們重新回歸社會提供力所能及的幫助。

無論如何，請祈禱我能從學校合格畢業吧。自從出生以來，我見到的第一個死去的人就是自己的丈夫。假如我最初見到的死者不是自己的丈夫……或許我不會產生這樣的想法。我想，正是丈夫的死亡，決定了我在未來選擇的生活方式。

庵主師父，這是為什麼呢？現在的我居然連一丁點的焦慮都沒有了。以丈夫的死亡為契機，現在的我連工作都給辭了。這在當時是無論如何都不會想到的啊。

作為一個三十歲的未亡人（討厭這個詞彙），我沒有人可以依靠，愛著的人也不在這個世界了，更沒有勇氣一死了之一了百了，為什麼心卻如此的平靜呢？只能走一步看一步了。畢竟在這個無常的世界上，誰也無法預料下一步會發生些什麼。而這時的我，也終於理解了關於無常的內涵。想當初，我們夫婦二人是多麼盼望能有個孩子啊，而佛祖卻不肯成全。而現在，我已經不恨了。

隨遇而安，任生命自由流動。我決心抱著這樣的想法生活下去。

我的不幸引來了大家的安慰，各種各樣的新興宗教也推薦我前去加入。他們說，我的不幸是祖先的惡報啦，是因為供養方式不對啦，等等。然而，有一點我卻越來越深信不疑，那就是在這個世界上，最強大的始終是愛。

也有過兩三個人來跟我說再婚的事，還真有些吃驚呢。只是才剛剛過去一年，要是再婚的話的確有些出人意料的遺憾呢。

而另一方面，因為過深的寂寞和孤獨，被不喜歡的人邀請，我心裡還真是沒有把握呢。

庵主師父，請原諒我的懺悔吧。請替我的丈夫來責罵我吧。

真是愚蠢啊。其實我早就意識到了，我對那個人的愛不是真愛，僅僅是迷失了方向。而那個是卻是那麼的純粹，對我也是那麼的一心一意。我傷害了那個人，也背負了內疚的情緒。這種錯誤，我絕對不會再重複第二次。也不會再和他見面了。

我決定，在丈夫的三周年祭之後，我將離開這個城市。倒不是因為想要從對丈夫的回憶中解脫出來，而是為了自己完成嶄新的蛻變，重獲新生。

說來奇怪，我的心情就像是完成了自己在這個世界的一個任務一樣，下一個任務將是佛祖給我的吧。

在二十多歲青春洋溢的時候，能有丈夫陪伴在身邊，真是幸運啊。再給你寫這封信的時候，我的心情又歸於了沉靜之中。謝謝。——

千種夫人，你的心靈能不斷成長、日漸偉大起來，這個速度真是驚人啊。果然，你的丈夫已經住進了你的心裡，和你合二為一了呢。你能變得如此強大，我終於可以鬆一口氣了。

離開這座城市是個不錯的選擇，相信你也一定會開啟一條美好的前路吧。不過從此以後，請將你交由佛祖，自然而然地走下去吧。不要把自己逼得太緊，放寬心，慢慢來。請把你的一切，都交由與你融為一體的丈夫的靈魂和佛祖吧。信者得愛。你會從昔日裡那些受人尊敬的僧人那裡學到很多東西。

孤獨無從抵抗，那就寄身於孤獨吧。一旦與孤獨融為一體，孤獨也就不再是孤獨了。不用那麼努力去做這點，請慢慢來吧。歡迎來寂庵。我在這兒等待你的光臨。

第八夜　情人的孤獨

過長的情人關係

歡迎光臨。感覺到冷了吧？從昨天開始，天氣就突然轉涼了呢。

你看上去消瘦了一些，是節食了嗎？萬一得了神經性胃炎可不行哪。工作也太忙了吧？還是說，和你那位之間發生了些什麼？你今年芳齡幾何呢？啊，四十二歲了，已經這麼大了嗎？可你還和與我第一次相見時的樣子一點都沒有變呢。我活得倒是無憂無慮，老是想著自己也就是三十六、七歲呢。

當然這種事情怎麼可能呢？我已經到了古稀之年（當時是一九九一年），你第一次在這裡見到我時，我大概已經出家五、六年了。當時你前來對我說你也想出家，我說不行，謝絕了你的請求。這麼算起來，當時的我是五十六、七歲，大概是十二年之前的事情了吧。對了對了，那個時候你才剛剛三十歲，正在為無法決定自己將來何去何從而著急呢。

你有一個相處五年的戀人，可是那個人有妻子，無法和你結婚。你一開始得知這個實情的時候，心想只要喜歡，就算不結婚也無所謂，哪怕一直以情人關係相處都可以。然而過了三十歲，家裡人都急著催婚了，這時你也開始感覺到迷茫了。你單純地想著乾脆出家得了。可是以那樣的理由出家，是不會長久的。所以我拒絕了你的請求。

可是借著這個因緣，我們的關係也漸漸地熟絡了起來。

對方不能和你結婚，你卻自始至終都要和他保持著情人關係，明明是站在吃虧的立場，你卻生出了想要守護愛情、自己忠實地活著的想法，在我看來真是可憐，也一直為你擔心不已。就仿佛看到了自己當年的樣子一般。

最後，你也相過幾次親，也刻意地去試著談了幾次疑似戀愛的愛情，但果然還是空虛不已，到了後來還是會重新回到他的身邊。

結婚也好，或者一個人單身到底投身於工作也好。你做好了這個打算，便一邊工作一邊認真開始學習英語，在老師的幫助下，工作上也漸漸有了起色。你對我說你現在已經可以靠英語吃飯了，真是個可喜可賀的消息呢。那時到現在，已經過去數年了吧，這麼算起來，你現在理所當然也四十二歲了吧。

有了孩子要不要生？該如何是好呢？當時為了這個問題，你可是煩透了呢。最後決定不把孩子生下來的時候，你說：

「從一開始就覺得對不住那個人的妻子。現在再厚著臉皮把孩子生出來的話，那罪過可就更大了。」

真是可憐啊……然而，在想到自己當年也做過一模一樣的事情之後，對於你的心情，我表示十分的理解。

那個人一次都沒有說過他妻子的壞話。雖然可能也感覺到了我和她丈夫的關係，卻硬要充耳不聞。若是知道了就不妙了，他是這麼說的。作為兩個溫柔的女人，好是好，但卻給了男人周旋於她們之間的放縱機會。這種男人又狡猾又優柔寡斷，在別人看來，也會覺得他臭不可聞吧。

然而，所謂喜歡上一個人的感情，就是喜歡上對方的全部。這也是一個人的自由。被別人不認可的那點所吸引，這種現象也是存在的。常言道：蘿蔔白菜，各有所愛。在別人眼裡是優柔寡斷、狡詐滑頭、輕聲細氣，到了情人眼中便成了溫柔體貼、多情倜儻、有同情心，真是沒有辦法呢。

我有個朋友，她有一個身量瀟灑而頭髮濃密的丈夫。可出乎意料的是，她卻被她那個矮胖、短腿的情人迷得神魂顛倒。那個長得跟丘比特娃娃似的男人究竟有什麼好的？我表示非常的不可理解。她卻似生氣非生氣地一個勁兒地道歉說，他的肚子胖胖的，很可愛呢。

結果，兩人的感情更濃厚了吧。

不給對方增加經濟負擔，是評判情人是否獨立的唯一標誌。從男人的立場來說，若想在家庭以外擁有一個不需要自己花錢的情人恐怕是不現實的，哪裡會有這樣的好事呢。

可雖然明白這個道理，卻依然無法斬斷緣分，只好任由其發展。即便如此，你還是把持得很好。這十多年來，雖然你們的關係偶有中斷，但最終還是一路走到了現在。與其稱之為情人，這種感情更像是夫婦之間才有的吧。

想要時卻不在身邊的男人

之所以不是夫婦，是因為雖然男人每天都來，但半夜還是得回他自己的家去。每當節日啦，耶誕節啦，新年啦，他也鐵定不會陪在自己的身邊。在自己突然想和他說說話的時候，或者是出現突發困難的時候，再或是突然生了急病的時候……總之，就是現在想要男人陪在身邊的時候，卻尋不到他的蹤影。

我在小說《溢出物》中，曾寫過這樣的文章。

——新年期間，在知子和慎吾的生活中，頭一次遭遇了一年來最悲傷黑暗的時光。知子堅決地對慎吾說，想要他和他的妻子分手。按規矩，在家庭需要丈夫的日子，比方說家人的生日啦，親人的喜慶婚喪啦，宗族的祭祀啦，丈夫必定要陪在妻子的身邊。理所當然的，若想在新年期間去別處度過，連想都不用想，這肯定是不行的。

知子在沒有慎吾陪伴的情況下，已經獨自度過了很多個春節。這種慘痛的記憶堆積在她的胸口，壓得她透不過氣來。

一個人在租屋處度過除夕，這種深深的寂寞真是難熬啊。當然，還得自己一個人去朋友家拜訪。就像人們所說的那樣，她也覺得自己是插足別人家庭的第三者。於是，在這個令她感到無地自容的春節，她背負著痛苦的體驗輾轉在旅行目的地那各式各樣的旅館之間……在火車上度過的第一天夜晚，窗外是綿延飛逝的山嶺；飄遊在海峽的渡輪上，伴著雨聲從收音機裡傳來的除夕的鐘聲；溫泉小鎮的浴缸裡，在一片寂靜中回首往事的種種……

然後，這些風景之中，知子身上的黑暗孤獨暈染在了一起，越積越深……

你也是這樣的吧？曾經，在和一個有家室的男人私通時，我經常會認真地想，如果這個男人在我的房間裡突然死去，這該如何是好？不管怎麼說，還是不得不將他送還到男人的家裡去吧。果然還得是搭計程車給送過去吧。當時我還很窮，自然也不會有自己的私家車。記得從我這兒到男人家的這段距離，即使坐電車也得花兩個小時呢。這麼長的一段距離要搭計程車，我在心裡估算了一下費用，真是連考慮都不敢考慮呢。

這也就罷了，我還在擔心，如果男人在自己的住處生了病，不是致命的那種病，要怎麼做才好。當時，男人就像鐘擺一樣，把自己的時間平分給了我和他的家庭，日子就這麼過下去了，我只知道他家在哪兒，卻一次都沒有去拜訪過。

當時的我倒是年輕體健，最多也就是患個感冒這樣的小病，但男人就不同了。他比我年長，體格瘦弱，氣色也不好看，單是看上去就覺得體弱，也經常會生病。

在那種時候，就算是真心想去探望他一下都沒有立場前去，不知道有多麼擔心呢。可等他真的死了的時候，因為我們已經分手了很長時間，我連他什麼時候生的病都不知道，還是從我們共同的朋友那裡聽說了他已經死亡的消息。當然，我也沒有去出席他的葬禮。

我用了兩個小時來緬懷和他的舊情，哭得很難過。不知不覺已經過去了十幾年，關於我和他的回憶，也漸漸塵封在了舊時光裡。但現在想來，我依然會感到胸口隱隱發脹，對他的懷念和悲痛之情絲毫不減當年，彷彿還是做他情人的時候那樣。「人都已經死了，難道不該去告個別嗎？」男人是被可怕的癌症奪走了生命，他已經非常可憐了。而我，卻對他得病的事情毫不知情，這怎會情有可原？更何況知道臨終我都沒能去送他一程，更是沒有道理啊。心裡的苦悶全都化作淚水，盈眶而出。記得那時，我已然披上僧衣，出家為尼了。

哭累了，啊，是嗎？我就是在那樣的日子裡出家為尼的。我似乎聽到了啪嗒啪嗒的破碎聲，一切都結束了。平靜下來之後，身體也豁然輕鬆起來了呢。

情婦的美感

現在，你的那個人得了重病，你也沒去探望過。看見你思慮過度跟個病人一般，我看在眼裡也很不是滋味。對於你現在的痛苦，我完全都能夠感同身受。所以，真是可憐得不得了呢。

然而，我還是想對你說句過分的狠話。

今天這樣的情形，你在兩人的關係存續期間已經設想過不下幾百遍了吧。應該也做了一定的心理準備。然而你也知道，當設想真正在現實中發生時，那樣的心理準備也會變得無濟於事吧。

不要哭泣，也不要擔心，雖然現在想哭是自然的。

但恕我多管閒事，我勸你最好還是不要瞞著他的妻子去見他最後一面。

別忘了，你和他相處了這麼長時間，一次也沒有責怪他不和妻子分手。那麼就請再努力一次，再勉強忍耐一下吧。這就是情婦的美感。不管她是知道也好還是不知道也罷，她能放任自己的丈夫和你在一起度過了那麼長的一段時光，對於她而言，與其說不去送別是一種禮儀，更稱得上是一種情面。

情人——我故意自虐式地用情婦這個詞來稱呼——，簡單來說就是喜歡上了妻子男人的人，她給妻子帶去了難以想像的孤獨，所以也請乾淨俐落地接受情婦應有的懲罰吧。

既然你誇口說沒有給人家造成經濟上的負擔，那就也試著像個成年人一樣，來承受那種孤獨的辛酸吧。

苔絲·加拉赫

對了對了，現在想起來了。在前來這裡的客人中，也有一定比例的外國朋友。去年，我曾與雷蒙德·卡佛（Raymond Carver，一九三八—一九八六）的遺孀——苔絲·加拉赫見過面。

雷蒙德·卡佛是美國現代文壇的鬼才。在日本，他的作品經由村上春樹翻譯介紹，很受大眾歡迎，讀眾甚廣。

一九四三年出生的苔絲，在二十歲時嫁給了她的第一任飛行員丈夫。在丈夫奔赴越南戰爭期間，她致力於自己文學才能的發展，當丈夫從戰地歸來時，離婚後的她便前往愛荷華大學開始學習創作。為了成為一名被認可的詩人，苔絲和一名詩人結婚又離婚，隨後結識了有名的雷蒙德·卡佛，希望和他一起生活下去。卡佛雖然已有妻室，但他深愛著苔絲，直至生命最後依然和她生活在一起。一九八八年八月二日，卡佛因肺癌而死亡。

兩個人雖然同居在一起，但是沒有結婚。然而當苔絲得知卡佛已經患病身亡時，她已經結婚了。她是在卡佛去世之前的兩個月，也就是六月十七日結的婚。

美國男人和日本男人不一樣，他們不會同時周旋於妻子和愛人之間，不會和這兩個女人一起生活。不管怎樣，他們離婚後都會給妻子留下一大筆贍養費。而美國女人卻一定要讓男人在自己和別的女人之間選定一人。所以一般來說，男人在選擇了情人時，就算要支付大筆的贍養費，也還是要和妻子離婚。

在和我相見時，苔絲．加拉赫大約有四十五歲。她是個大個子大眼睛的女人，不太愛說話，給人一種溫柔而溫暖的感覺。我仍記得她那栗色的長髮，十分美麗。她儀態大方，舉止穩重，一點都沒有在大學研究學問的知識分子架子，給人的感覺就像是地方城市裡富裕之家的妻子那樣。

在剛開始和卡佛同居時，苔絲發表了她的短篇小說集《愛馬的男人》。我在讀了這本書之後，完全拜倒在了她的門下，成了她的忠實粉絲。她不愧是個詩人，感情敏銳而樸素，這部作品集真是既溫暖而又讓人回味無窮啊。

在和作者苔絲相逢時，我覺得她的作品就是她本人人品的真實寫照。

在我們相遇的那一瞬間，兩個人的心就開始交融混合，就好像是很久以前就認識的朋友那樣，彼此心意相通。

在我為卡佛的去世致弔唁詞時，眼看著苔絲剛剛離席就忍不住熱淚盈眶，看樣子仍未從他離去的悲痛中緩過神來。和苔絲一同前來的還有《愛馬的男人》的譯者黑天繪美子，她是此行的翻譯。

我很快就意識到，苔絲是個心思細膩、情深意重、給人安全感的女性。同時，她還是一個對人沒有戒心、容易輕信別人的女性。

我們在一起聊了很多，在說到按照日本風俗、還不到卡佛去世三周年的忌日時，她那回憶中的表情變得溫和了起來，看上去真是再幸福不過了。

我問她，為什麼居然在卡佛死之前就結婚了呢？

「我知道他要死了，我想在他最後的時間裡，盡可能華麗漂亮地做給他看。」她是這樣回答的。

「在被醫生告知他時日已不多之後，你見過他的前妻和孩子嗎？」面對我冷不防的無禮提問，她的回答也很迅速。

「嗯，雖然就我個人而言很不情願，但是我認為把她叫過來見一面，卻是人性的選擇。」

我不禁緊緊地握住了苔絲的手。

「然而在這期間，我還是覺得討厭，就去病房外面等著了。」

聽到她如此坦率地說出討厭二字，但不管怎麼說卻還是顧及了一家人的情緒，這樣的苔絲一定具有深深的同情心。

這是些想做又無法做到的事情，在我自己周圍也有不少這樣的例子。我為苔絲的這種處理方式而感動。

想必卡佛在臨死之前，也會為苔絲的溫柔懂事而深深感動吧。

心情稍稍平靜一點了嗎？日本男人也逐漸開始像美國男人那樣，直截了當地做出二選一的抉擇了呢。

從前在遇見日本女歌手晴海宮古時，她說現在和她生活在一起的男人居然毫不猶豫地就把妻子給甩了，果然這種人還是算了吧。

可是，如果不能見面，還是會擔心得難受吧。請你祈禱吧，我也會一起祈禱。

好了，歡迎你再次光臨。當你寂寞時，我在這裡隨時恭候……

第九夜　不分別也孤獨
——那夜的信箋

愛著，也孤獨

平安到家了，現在是午夜十二點。原本想明天給你寫信的，可躺在床上又睡不著，於是我便從床上坐起來。果然還是得今晚給你回信啊。

寫信，能讓人更明白自己的內心所想。我記得曾經有人說過這樣的話。

今天，在我突然造訪天臺寺的時候，萬萬沒想到師父你居然會出來寺院的門口迎接我，真讓我受寵若驚呢。

「哎呀，歡迎光臨。我們好久不見了，已經兩年了吧？」

師父你正微笑著歡迎我的到來。

「你來的正是時候呢。今天是秋天的大祭，外面人山人海的，我好不容易才給大家提點完，才算是鬆了一口氣。看你的氣色不太好啊，是發生什麼事情了嗎？」

師父你說這話的時候，我差點忍不住要哭出來了。

「其實也沒有什麼……不過，我該怎麼辦呢？」這些愚蠢的問題從我嘴裡蹦了出來。

「你說謊了。究竟發生了什麼呢？你的臉上可是這麼寫著呢，我一眼就看出來了。我這七十年可不是白活的喲。總之，請先進屋來吧。他還好嗎？」

師父你說話的語氣和平日裡一樣，直擊我的內心。我含混不清地回答說：

「可能吧……」

「可能吧是什麼意思？是已經分手了，還是現在正在吵架？」

「分手了……都已經分了一年半了。」

「果然……好吧，我洗耳恭聽。」

師父你淡淡地說，就好像丟了的只是一支鋼筆。我的情緒突然就跌倒了谷底。今天，我孤身一人，低頭沿著山路爬到了天臺寺。而就在兩年前，走在這條山路上的卻還是我們兩個人，邊說邊笑的好不快活。我記得，當時正殿的房頂正待好好修葺，他便以我的名義向寺院進了修繕費。

我記得，他在那棵樹下、鐘樓的前面給我拍過照片……真是不管看到什麼，都令人睹物思人啊。

所以剛才在門口說「對不起」的時候，我才幾乎要哭了出來。我想，師父你一看到我那個表情，就對我的境遇變化了然於心了吧。

冷吧？來點燒酒吧。還有美味的面湯鍋，來點吧。來到屋裡，師父你沒有讓我馬上傾訴，而是拿出一個接一個的食物和飲料讓我先用。

「那麼，現在你在忙些什麼呢？」

見我的臉色稍稍有些平靜了，師父你才若無其事地問了問我的情況。我對師父你說，自己現在白天在兒童社福園工作，而為了學習社福相關的事務，晚上會去夜大學習。每天的日程都安排得滿滿的，總感覺時間不夠用似的。師父你聽了非常高興，鼓勵我說：

「這樣多好啊，與其和一個不能結婚的人拖拖拉拉地黏在一起，倒不如動個大手術，把膿包給取出來呢。請帶著自信去做吧。懷有一個大大的夢想，反正一心想要投入社福相關的事業，將來自己創建一個理想的身心障礙兒童幼稚園啦，建一所學校啦，都是不錯的選擇呢。」

上次我們兩個人一起來拜訪的時候，你態度很好地接待了我們，也鄭重地招待了他。回去的時候，他不知有多麼的感激和高興！

他邊開車邊對我說：

「不過有一次我還是挺害怕呢。你離席去補妝的時候，就是要準備回家那時候，師父你就正對著我，盯著我一直看一直看。還對我說『不要讓S子傷心啊，還請你負起責任來。』那眼神嚴肅而認真，真的是非常恐怖。我直漲得臉通紅，坐直身子說『不會的，我發誓！』」

想到情深意重的你那麼放心不下我，我不禁熱淚盈眶。

他在和我話分手時，想必也是記起了師父你的此番勸誡吧。他說要「負起責任」。然而在這種場合，男人口口聲聲說要對女人負責任，又能做些什麼呢？要讓他放棄家庭、和妻子離婚之類的話，我一次也沒有對他說過。因為我知道，要是起了這樣的心思，或者只是在心裡有了些許意向，就等同於把這個問題交給男人一個人去了斷了。

情人也好，情婦也罷，我都不在乎。哪怕會被人嘲笑，被人從背後指指點點，我也可以置若罔聞。鄉下的繼母對我有養育之恩，要是真的淪落到了這步田地，我都做好了和她恩斷義絕的準備了。

師父，在我三歲的時候，我的親生母親就拋下了我和父親和別的男人私奔走了。後來父親娶了母親最小的妹妹，是她把我拉拔大的。繼母和父親在一起生了兩個弟弟妹妹。繼母怕我變得乖僻，養育我的時候格外的用心，給我的優待比弟弟妹妹都多。就因為這樣的不公平，反而讓我有些拘謹，因為我知道自己並不是她親生的孩子。

小說和電影裡經常會出現這樣的場景，就是我和拋棄我的生母相遇了之類的故事。而我，一次都沒有想過。可是，我卻想知道和母親相似的一些事情，於是便開始讀小說，然後就開始讀師父你寫的書了。我想聽到像生母那類人的真心話，或許從師父你的書中可以找到答案。

拋棄我的生母似乎不太走運，和情人的關係也處得不盡人意，過了三年就被拋棄了。後來她從事了各式各樣的工作，病死的時候，近親中竟沒有一個人知道。我聽說，在接到Ｐ市社福醫院的通知時，還是繼母去取回了骨灰。

人們常說血緣關係，可是我對自己生母竟一點都沒有想念的感覺。她的長相，她的聲音，都已經在模糊的記憶裡銷聲匿跡了。我的母親，就只有將我撫養長大的繼母一個人。

在我和他還生活在一起的時候，我經常會閱讀師父你寫的書。不能和情人結婚的女人，在聖誕季節和新年期間便無容身之處了。這則短篇我不知反覆讀了多少遍，體會著她當時的情緒，是多麼的孤單和寂寞啊！

都市的孤獨

為了方便我們往來，他幫我在舊市街的一個公寓租了一個房間。就像師父你經常在小說中寫到的那樣，從這個十一樓的房間裡，恰好能夠看到富士山。

就像師父你經常設計的情景那樣，在他回家以後，我也會坐在房間的窗前。隨著天色漸亮，我會看著富士山的影子漸漸從黎明中清晰浮現出來，久久地凝視不已。

現在，他應該正躺在自己家的床上，將妻子的頭顱摟上自己肩頭酣然而睡吧。

隨著我們相處時間的越來越長，我總是反覆從師父你的小說中找到和自己相似的生活場景，鑽研了一遍又一遍。當然，這大多數是在他起身回家、而我又睡不著的時候閱讀的。我特別喜歡《燒蘭》這個短片。我把這個袖珍本放在手提袋裡，以便隨身攜帶。不管展開的是哪一頁，都是我心情的真實寫照。

和男人一起待在公寓的房間，我們在裡邊說話，做愛，還有告別儀式。我像小說中的女主角那樣，會在送走男人之後，赤身裸體、雙手掩面地蹲在門後的陰影中；也會一邊慢吞吞地收拾男人弄亂的房間，一邊設想著男人回到家後和妻子的對話以及他們的一舉一動，那般的歷歷在目，就仿佛是拿著望遠鏡看到了一樣。

然後最後總結到的是，這部小說中的所有女人的愛，最終都沒有逃過以分手告終的結局。

就算愛著也孤獨；愛，最終都逃不過分別的結局。這樣的話，你在書中反覆說過。和自己的親人相比，我反而感覺和你有著同樣的血緣呢。

在下決心和他分手時，我反覆閱讀的是《比睿》。這是你剃度出家後寫下的小說，也是我最喜歡的一部。

——這是兩個人在這個房間裡度過的最後一夜，然而俊子的心卻一點都不迫切。可正因為此，就彷佛腳底的沙子即將被波浪捲走了一般，這種不安定的焦躁感慢慢地爬上了俊子的後背，涼意沖頂。

凝視著眼前這個熟睡在濃濃黑夜裡的男人，俊子的瞳孔也在放大，放大……在大城市的屋頂無限綿延，直至大地盡頭。那些白天裡看上去分外醜陋的大樓，像毒蘑菇一般櫛比鱗次胡亂矗立著；這個舊市中心的山岡，也完全融入到了這黑暗的夜色中去，就像是幽深的森林，靜默在這一片黑暗之中。凝視著這暗夜的景色，俊子彷佛看見了沒有出口的深山老林，又好像看見了一望無際的遼闊海洋。在起風的夜晚，可以聽見強風過境時發出的類似笛聲的悲鳴；當暴風雨來襲，也可以聽見打落在夜間窗玻璃上的嘩啦嘩啦的聲音。也有這樣的夜晚，迷路的疾風在數不清的大樓間隙中胡吹亂撞，就好像成千上萬支破損的土笛齊吹共鳴一樣。

在男人站著的地方，面對著像男人一般脆弱的牆壁，一個人獨自沉浸在深夜的風聲裡。俊子獨自度過了無數個這樣黑暗的夜晚，記憶中的幽暗蔓延開來。

在遙遠黑暗的對面，就好像感覺到了將要颳風的信號一般，只聽風兒從大樓的中間漸次呼嘯而來，比風聲更尖銳的是警車的鳴笛聲。聲音盤旋在空氣上空，漸漸消失在遠方。無數個夜晚，我曾幻想消失在耳畔的鳴笛聲又重新響起，它是為自己的屍體而來。這樣的場景就像真是發生的那樣，歷歷在目。——

我又重讀了師父的這篇隨筆，師父果然指的是這個場面啊。

——《比睿》中的一個場面。穿梭在大都市高樓之間的風聲，聽上去難道不讓人感到可怕和寂寞嗎？吹過嵯峨野的竹林疾風，穿越廣闊的原野的疾風，各自的聲音都帶有特定的寂寞。我永遠都忘不了遊走於高樓凹面的類似於笛聲的風聲。每當在公寓的工作場所聽到這個聲音的時候，在感受到人類孤獨的同時，也不由得想到風的寂寞、雲的寂寞，以及孕育了這些寂寞的自然的孤獨。

出家之前，我在東京老家壱岐坂工作，工作地點在一所公寓的十一樓。從窗戶往外望去，可以看見後樂園。那時，後樂園還沒有建上圓頂。

夜幕降臨，遊樂園裡緊挨著球場的快速滑行車的軌道上便閃爍起燈光，仿佛是金色巨龍一般的快速滑行車在起伏不平的鐵軌上疾馳而去。華燈初上，城市的夜晚嫣然登場，忽明忽滅，甚是美麗。藍色瀑布狀的霓虹燈在夜空中上下流動，它在給清涼飲料水做廣告。還有給杯裝紅茶做廣告的霓虹燈，也浮現在星空般的夜晚。

遠在新宿和池袋的繁華街道上，街燈像著了火一般將天空染成了一片紅色。遊樂園四周高樓林立，萬家燈火數不勝數。就像故事裡講的那樣，它們溫柔地裝飾著各自的窗戶。

因為公寓的隔音玻璃窗關著，所以房間裡面的我聽不見外面的一切響動。站在沒有聲音的世界，我凝視著窗外各式各樣的燈光的表情，真是寂靜得孤獨、孤獨得難耐啊。雖然已經過去了二十年，那樣的情緒，我依然記憶猶新。

然後到了半夜，大部分的燈光都熄滅了，只有零零碎碎地幾盞燈仍在孤身作業，宛如閃爍的螢火蟲。

突然回過神來，卻發現映射在窗戶玻璃上的，只有午夜自己疲憊的面頰和孤獨的身影。猛地打了一個冷戰，只感到一陣涼颼颼的孤獨感如流水一般躥上脊梁。

當時的自己，也並不是沒有朋友和戀人，工作上也沒有什麼不順。

可即便如此，每當午夜時分或者是暮色四合漸入夜的時候，我都會在無聲的世界裡眺望著萬家燈火。這樣的自己，是我僅存的信任。

那所謂的孤獨，彷彿是籠罩在皮膚上的獨角獸，寂寞了我的容顏。為了出家，我就是從這間房子裡向中尊寺出發的。——

宛如犀牛的獨角，只踏著孤單的步伐

見面的時候，我還是把無論如何都說不出口的分手理由給說出口了。關於個中經過，其實師父你也未必想聽。我非常感激你的體貼，雖然極力克制著自己的情緒，但最後還是沒忍住哭了出來。

在我們兩人前來拜訪過師父以後，過了半年我就做了手術。就連我自己都沒想到會這樣。我患了子宮肌瘤，甚至嚴重到了不得不切除子宮的程度。迄今為止，我為他墮過兩次胎。那時，理所當然地由他前來醫院給我當保證人。對於這次的這個大手術，我心裡也有恐懼，自然也希望他能夠陪在我的身邊。

然而在手術當天，他卻說有無法推掉的工作要做，然後就回去了。

大半夜的，他能有什麼工作呢？

手術似乎比想像中的還要嚴重，就連護士都對他撒手回去這件事情憤怒不已。

他果然是別人的丈夫啊。當時，我終於認清了這個血淋淋的現實。

出院沒多久，我就提出了分手。他覺得這個分手提得有些唐突，便極力安撫著我的情緒，說難道這十二年的感情真的說斷就能斷嗎？我說我手術過後情緒是有些不穩定，希望留出三個月的時間，讓彼此都考慮清楚。

三個月過後，我分手的意向越來越堅定，於是我向他傳達了我的想法。

分手的原因，並不僅僅因為他沒有在醫院陪我做手術。而這只不過是一個契機，引爆了十二年來在我心裡日積月累的某種東西吧。

分手已經有一年半了，有時我也會孤單得想要發瘋。然而，漸漸的，我已經習慣了那種孤獨。我想，我要和這種孤獨和平共處下去。

今天回去的時候，我在車裡繼續翻讀師父送給我的這本書——《佛陀語錄》。經文中有這麼一章，叫〈犀牛的角〉：

〇和同伴在一起的話，休息也好，站立也好，走路也好，旅行也好，經常能被招呼同去。不願與人為伍而致力於獨立自由，就宛如犀牛的獨角，只踏著孤單的步伐。

〇和同伴在一起的話，有遊戲也有歡樂。而且對與子女的情愛，也甚是豐盛。哪怕不想與愛著的人分手，也宛如犀牛的獨角，只踏著孤單的步伐。

師父，看來釋尊也是個寂寞的存在啊。就像「宛如犀牛的獨角，只踏著孤單的步伐」這個題目中所說的這樣，我想我會盡可能的追求自由，與孤獨並存。

再次表示感謝。

第十夜　空閨的孤獨

五十多歲女人的焦慮與孤獨

歡迎光臨，啊，好漂亮的蘭花。什麼？這是你先生在自己家種的？你家先生真是好興致啊。

請往這邊來吧，我們在暖爐旁說說話。和我關係不錯的常寂光寺的副主持，也是個種蘭花的名人呢。這個年輕人經常在品評會上拿大獎，和我孫子很像。

在喜歡種花的人眼裡，世界上沒有壞人。你是有什麼不滿嗎？

請問你多大了？五十一歲啊，我就是在這個歲數出家的。我記得那是在我五十一歲的十一月。多麼的年輕啊。不過現在可以看到，日本的女人也相當的年輕化了。我在五十歲的時候，以為自己已經看破紅塵了，而每當看到你們這些五十多歲的年輕人，我就會想自己怎麼那麼年輕就出家了，連自己都吃了一驚呢。

從四十七、八歲到五十二、三歲，這個年齡層是女人最感到吃力的時候吧。

四十多歲的終結，表明了女人已過了嬌嫩水靈的年紀，直教人焦慮和寂寞；步入了五十歲的門檻，意味著女人的一切都在走下坡路……而且總體而言，女人的閉經期差不多也在這個時候，身心的平衡也容易打破，甚至有些人還會經常發神經呢。

雖然經濟上有了餘裕……

誠然，日本的確已經躍居為世界第一長壽的國家，特別是女性的平均壽命也已經達到了八十歲。現在才五十歲，往後還得熬三十年。啊，想想就讓人歎氣啊。

以前，人的一生也就只有短短五十年呢。而我最近常說，女人四十一枝花。那五十多歲是什麼呢？人們問我。五十多歲啊，我回答說，那正是勞動力旺盛的時候啊。

二十多歲年輕幼稚；三十多歲要養孩子，正是辛苦的時候；女人稍稍能鬆一口氣的時候，就是在四十多歲的時候了吧。所以四十多歲的女人最有女人味，穿什麼都好看，可不正像那盛開的鮮花嗎？小孩子漸漸長大了，不用需要再一一親手照顧了，丈夫在社會上的地位也基本穩固，混得好的已經擔任負責人了吧。這時候，經濟上也有了一定餘裕，便也有心情常去藝文中心、健身中心、瑜伽館活動了吧。

最有錢的人，應該就是你們這個年紀的女性了吧。

在我辦的一個和作文教室相似的私塾裡，來得最多的就是那個年齡層的人。

透過她們寫的作文，我感覺到這些五十多歲的女性，雖然物質欲望大致得到了滿足，然而精神上欲求不滿卻比其他任何年齡層的人表現得都要強烈。

歸根結底，她們之所以有挫敗感，是因為迄今為止都一直在為家庭為丈夫為孩子而耗盡心力，可突然間卻發現，孩子已經完全擁有他們自己的世界，丈夫也已擁有他自己的成功事業，事到如今已不再需要妻子這個賢內助了。

孩子已經不願意再對母親說些悄悄話了，而公務纏身的丈夫也變得總是那麼忙，甚至連回家吃頓晚飯都成了奢望。

花費幾個小時來準備晚餐，一家人圍著餐桌邊聊天邊吃飯，歡聲笑語在空氣中彌漫開去……那種熱鬧的團聚場面，都跑到哪裡去了呢？

「你想去哪兒就去哪兒，這不就行了嗎？文化中心啦，有氧運動啦，用得著一個一個的跟我商量嗎？真是無聊啊。你手上不是有錢嗎？」

丈夫很不耐煩地說。不管去到哪裡，隨便和男人說說話啦，隨便和誰一起去喝酒啦，怎麼樣都好。原本愛吃醋的丈夫到哪裡去了？要知道，從前哪怕自己和附近洗衣店的男人稍稍說幾句話，他也會疑神疑鬼地吃乾醋呢。丈夫出錢讓自己去玩，可自己無法理解他的這種態度，更高興不起來，這樣的自己還真是矯情啊。然而，這種空虛又是怎麼樣的呢？

不必要的孤獨

迄今為止，自己究竟是為何而活、為誰而活呢？家裡人都不再需要自己了，今後自己，又該懷著什麼樣的目標生活下去才好呢？

關於這個問題，我想和私塾的客人以及前來寂庵的五十多歲的女性一起討論一下。這裡的每一個人，無不穿著昂貴的名牌服裝，佩戴著高檔的首飾。穿和服的朋友們，你們的裝束看上去更花錢呢。美容護理也好，頭髮造型也好，都絲毫不含糊呢。除了結婚戒指以外，你們每個人的手指上都還戴有其他的寶石戒指。

人們在得到了所有能夠得到的東西之後，反而開始變得不幸福。那個也想要，這個也想要，接下來又是些別的東西。欲壑難填，那些得不到的東西總是排著隊地在眼前晃來晃去。那個時候，人生的意義才顯現出來了。

說自己不被任何人所需要，便是投身到了恐怖的孤獨之中了。

所有不堪的一切，到了五十多歲的時候都能化身為歡樂；每一個家庭成員，都會來真心感謝自己的付出。難道這一切都只是自己以前做下的白日夢嗎？

這就是五十多歲的女人發現的自己的寂寞的立場。

對妻子失去性趣的丈夫

為了排遣孤獨，主婦們會衝動購物，也會在不知不覺間盼望著能夠被別人邀請。因為刷卡購物，所以為數不少的主婦們都會病態地買回過多的物品，真是難以想像。

被證券公司的推銷員煽動，不知不覺間就把股票給出手了，那些好不容易攢下的私房錢，也乘著泡沫經濟的泡沫消弭殆盡了。

究其根源，還是因為沒有給寂寞和空虛找到發洩的出口，所以才會做出那樣的事情來。

這時，心懷不軌的男人們也閃亮登場了。他們瞄準了那些又有錢又空虛的主婦，抓准機會趁虛而入，先是誘惑，後是威脅加安撫，有計劃、有目的地從她們手中攫取更多的金錢。我見過很多這樣五、六十歲的女人，最後她們被逼的身敗名裂，走上了悲慘的末路。

一般來說，即便到了晚年，性生活也是不可或缺的。現在的人們已經不像從前那樣認為這是一件羞恥的事情了，關於這一點也可以坦誠面對。而在從前，人們對於這種性的失敗卻覺得不可思議。

早上十點走進百貨大樓，在搭乘從地下升往樓上的電梯時，總能勾搭上兩三個欲求不滿的已婚婦女。這樣的情節，我從有相關經驗的男性口中聽說過。

其中最容易搞定的，當屬五十多歲的已婚婦女了。

人們隨隨便便地就下定了這個結論，認為作為女人，她們的時代已經結束了。所以大多數五十多歲的已婚婦女，和丈夫都沒有了性生活。

繁忙的丈夫，對於喪失吸引力的老伴早已失去了同房的興趣。日本的男人，壓根就沒有去履行義務，給妻子提供性生活的想法。

然後到了最近，又出現了這樣的現象。就是有很多四十多歲、正年盛力強的男性，或許是因為工作的忙碌而勞心傷神，漸漸地也開始對家庭性生活力不從心了。

這個問題真是十分嚴峻。究竟有多少妻子的丈夫出現性無能了？恐怕比想像中的還要多。

家裡面刮著頹廢而荒涼的風，外人自然無從知曉。看上去物質條件豐富的家庭，誰又能想像到裡面居然是寒風習習、毫無生氣的樣子呢。風口上的只有主婦一人，懷抱著無處安放的孤獨，蜷縮著蹲在那裡。

和戰前那些五十多歲的主婦相比，現在這些五十歲的主婦要更加的年輕化。隨著電器產品的普及，她們被從繁忙的家務事中解放出來，外出啦聚會啦都自由多了。然而，她們心中的空虛和倦怠卻如影隨形，認為自己過得不幸的人也數不勝數，真是令人痛心啊。

受一時誘惑而委身於情人，只有在和情人幽會的時候才宛若枯木逢春。那樣的自己，想想都覺得可憐。能夠用另一種眼光審視自己，這就是五十多歲人的成熟。

你說的不是自己的心裡話吧。在我這裡，來過很多像你這樣的主婦，從她們的哭訴中，我大概也知道些你們這類人的想法。

我只知道，就算是外遇，也逃不過孤獨的現實。

空閨的孤獨，從前的女人絕對不會說出口，外人也不會有所察覺。

能夠把這種事情掛在嘴邊上的女人，通常會被人們認定是些下流而缺乏教養的貨色，從而被加以指責。

然而到了今天，女人們通常都能夠若無其事地大聲討論性事。不管是什麼發生了變化，戰後最瞬息萬變的變化，當屬女人的性解放了。

女人們聚在一起若無其事地公然討論性事，這種司空見慣的程度就仿佛是家常便飯一般。

「從明天開始，那個百貨大樓的外國古董就要開始大拍賣喔。」

就像說這話的語氣一樣，大大方方、若無其事。

怎麼樣？被我說中了吧？

對了對了，下個週五的晚上你還準備過來嗎？那些經常過來玩的俱樂部裡的人都會過來呢。到時候，我們會把雜誌上描寫的五十多歲的女性的孤獨給收集起來，聊天漫談呢。過來的那些人都是些無話不說的熟人，如果方便的話，請你也過來吧。

好了，回家的路上請注意安全。圍巾很漂亮，和你很匹配。祝你晚安。

第十一夜　男人更孤獨

平成女雨夜的品評

歡迎光臨。大家都已經到齊了呢。今晚我們就想說什麼就說什麼、暢所欲言吧。飲料什麼的都有，就請大家自己照顧自己吧，喜歡喝什麼自己去取。入夜的時候，雨也開始下了起來。那麼，平成女雨夜的品評就此開始吧。

〔出席者〕

A子　五七歲　醫生的妻子，家庭主婦

B子　五九歲　外國銀行部長的遺孀

C子　五八歲　上班族部長的妻子，家庭主婦

D子　五六歲　無業，單身

A子　在健身中心三溫暖室裡，我和周圍的人閒聊時才發現，似乎一般家庭的夫婦都沒有性生活了啊。

B子　都是些五十多歲的人吧？大家都這麼說。我也在那個健身中心游過一陣子泳呢。能去得起那地方的都是些奢華的人……

A子　哎呀，現在可不是那樣了哦。越來越多的女性選擇在工作日的白天去那裡運動或是游泳，果然是時代變了。不管是喜歡也好不喜歡也罷，女人的地位變了，這可是個不爭的事實啊。

B子　說的沒錯。現在的妻子，可是人手都有個人存摺呢。因為經常打工什麼的，所有一點都沒有曾經攢私房錢的感覺了，取而代之的可是主婦財產的感覺啊。所以，想要離家出走的話隨時都可以做到。

C子　就是如此。從前因為在經濟上自立不起來，就算是想要離家出走或是離婚，自己也做不到啊。現在倒是不用拘泥於生活水準了。

A子　你以前好像打過一段時間的工？

C子　自從結婚以來就一直侍奉婆婆了，想歇口氣。長子的話已經做好了準備……而且小兒子也已經上了大學，所以我心想，從今以後終於可以做些自己喜歡的事情了。不做只是持續了兩個月，最後還是沒能堅持下來。

B子　你們真是幸福啊。孩子也長大了，先生也健在，應該再沒有什麼好抱怨的了吧。

A子　哎呀，好寂寞呢。

B子　怎麼回事？

A子　先生越來越老，當然好寂寞啊。（笑）

B子　請問你先生今年多大年紀了？

A子　六十六歲了，和我相差九歲呢。

B子　啊，六十六歲了啊，這個年紀的話恐怕已經不行了吧？

A子　是的，是的，完全不行了（笑）。不過我諮詢了一下健身中心裡的朋友，她們說男人到了這個年紀都會不行的，這是再正常不過的了。我這才放下心來。

B子　理解，萬歲。（笑）

A子　可是，我先生是自由業，也就沒有所謂的退休這一說。最近我們經常一起去國外旅行，在外人看來，我們夫婦二人的感情還很好呢。

C子　難道不是嗎？

A子　當然不是囉，也就是一如既往的只顧面子上好看罷了。一個人旅行的話會感到寂寞，也不方便，需要有個伴互相照顧。畢竟是大政時期的人，所以嘴上肯定不會明說：「老婆，你不去可是不行啊。」他只會這麼說。要是聽見我回答說：「我去……也可以吧。」他才會高興地鬆下一口氣來。

B子　到了那個歲數，男人確實也會有些變化呢。他們害怕自己的老婆比自己先死，那種恐懼感可不是危言聳聽。就算是再自高自大的男人，好像也開始變得不安和膽怯了。

C子　要是能被當做手心裡的寶，那倒是不錯；可要是被丈夫依賴的話，就怎麼想都覺得討厭了。

B子　哈哈，你這是在撒嬌吧？

C子　我曾經去男性老年醫院從事過志願者活動。那些六十五歲以上的退休老頭就那麼在並排的床上躺著，各自睡各自的覺。只看上一眼就覺得後背發涼，真的能感受到那個群體的孤獨呢。

B子　過了六十歲以後，和男人相比，絕對是女人更具精氣神、更有活力呢。再加上又好打扮了，看上去真是比實際年齡年輕多了。

A子　就是就是，特別是你，總是打扮得漂漂亮亮的，哪裡像個寡婦啊。

B子　我啊，在丈夫還健在的時候，就一直在外工作了。他以前是軍官，脫下軍裝轉職後，到處碰壁。畢竟，要想讓他給別人低頭什麼的話，他還真是做不到。最後，還是我去外面工作，也不知什麼時候就成了家裡的經濟來源。到了晚年，我也沒有那麼喜歡他了，還有了別的情人。更何況他在病床上躺了那麼長時間，我早就煩透了。可是，沒想到他這一死，自己還是會有些難受。

D子　畢竟是在一起生活了那麼久的人，去世了肯定會有些不習慣。

B子　都快過去一年了，我還是沒有辦法控制好自己的情緒，去整理他的西裝櫃子。打開衣櫃，掛在那裡的西裝還是他生前的樣子。不敢去碰啊。鞋子也是一樣，比西裝更生動，就好像他還活著一樣。一看見他那並排的鞋子，我就覺得討厭。

D子　就是因為這個原因，你才不搬去那個大房子吧。雖然你嘴上一直在說不方便。

B子　老夫老妻的長年生活在一起，已經不再是男人和女人的概念了，而是多少帶著些親人和同志一般的感情。果然，還是被留在世上的那個人會感到寂寞啊。在此之前，我可是一直在體會著寡婦的孤獨呢。不過我也不是個好妻子，只在送走丈夫之後才品嘗了孤身一人遺存於世的孤獨。我想，也就只有這點，能讓我多少有些賢妻的樣子吧。

A子　你可是個好老婆呢，你不是一直在忍耐著他嗎？

B子　可是，這畢竟是和男女之愛不一樣啊。在做飯時，我會心想，啊，那個人喜歡吃這個，給他做些吃吧，然後一股勁地忙碌起來。總而言之，也就只能算是人道主義而已。

D子　但是你們每個人都有孩子呢。

C子　為什麼這麼說呢？難道你的孩子不可指望嗎？

Ａ子　要是個兒子的話，結婚之後肯定會向著老婆吧。

Ｂ子　結了婚也好，有了孩子也好，一個人過也好，大家都是孤獨的人哪。從這一點來看，人都是平等的呢。

Ａ子　可是，和女人相比，男人在上了年紀以後，孤獨感會更深呢。

Ｃ子　說的沒錯。在我家附近的站前公園裡，每天早上從十點開始，總是有數不清的老先生坐在長凳上發呆呢。

Ａ子　在國外，很久以前就開始這樣了。

Ｂ子　還有整天坐在電車裡不出來的男人呢。雖然已經退休了，但還是帶著個便當，每天早上準時出門，晚上再準時回家。在這期間，就一直待在電車上。

Ａ子　日本的男人只會工作，若是讓他們退休之後窩在家裡，既找不到什麼話題，也找不到置身之處。

Ｄ子　就算是去醫院，灌進耳朵裡的也只是那些婆婆們議論兒媳的不是，嘮嘮叨叨的不得清淨。作為爺爺，大家都只是沉默地擠在那裡，一臉的不高興。男人的孤獨，大抵是內斂的鬱結吧。

Ｃ子　曾經名片上的頭銜，現在也成了一種麻煩呢。

Ｄ子　曾經的名片啊。

B子　丈夫去世大約三個月以後，我才發現了他寫的日記。我們每天出門的時間和回家的時間，在上面都有記錄。B子幾點幾分回家了，上面是這麼寫的。簡直讓人難以置信呢。幾點幾分，B子打電話回來說忘了帶東西……這之類的記載數不勝數。這就是因為孤獨吧。

A子　哈哈，就算是你出去做壞事的日子，根據他記載的時間也能推出一二了。（笑）

C子　在坐電車的時候，經常能看到一些男人，他們穿著沒有剪掉價格標籤的夾克，或是沒有取掉洗衣店標識條的襯衫。我總是覺得這樣的他們很可憐，不敢直視這種畫面。

單身赴任的孤獨

A子　經常在電視上看到單身赴任的專題，那些獨自留守在家的妻子大都在說自己「寂寞啊，寂寞」吧。可那是騙人的啊。你去健身中心打聽一下，就知道實際上根本就不是那麼一回事兒。是太太們誇大其詞了。（笑）

C子　其實就是這樣，太太們可是高興著呢。聽她們說，丈夫們從外面回到家的時候，那才叫一整個失望呢。

D子　回到家以後，男人們就會在身旁抱怨，說家裡都找不著他們的飯碗了。

A子　就拿我來說吧，到了那時，就算是去健身中心，也得時刻計算著該什麼時候出門，該坐電車去哪裡把菜給買齊了之類的家務事。哪怕在三溫暖室裡，腦子裡還得記著丈夫六點半就該到家了，自己最晚五點就得回去做飯。話雖這麼說，在我們單身赴任留守部隊組裡，大家可是有說不完的話題呢，就這麼從三溫暖室裡進進出出的，聊起天來可真是沒完沒了了。

C子　可不是嘛。而且回去的時候大家還會約著一起去喝點啤酒什麼的。雖然嘴上嚷嚷著要節食瘦身，可就這麼個過法，怎麼可能嘛。（笑）我丈夫明天可就回來了喲，我的瘦身大計已經不可能實現了。喏，就這樣了。

B子　我丈夫也有十年的駐外經驗呢。那時候他總在電話裡對我說「能請下假來我就回家」，其實我心裡的真實想法卻是「不要太勉強哦」。（笑）

C子　只要老公能在外面好好賺錢，他不回家也很好。大體上就是這個意思吧。

D子　男人真是可憐呢。下輩子我還想再做女人。

C子　可是做女人的話，還得培養兩三個特長呀。

B子　那些都是排遣孤獨的做法，意想不到的是，本人卻沒有意識到這一點吧。

A子　像我們這個年齡層的人，倘若心裡有些被壓抑已久的東西需要釋放的話，就會一下子發洩出來吧。

老人臭

B子　男人一旦上了年紀，都會有老人臭吧。

A子　有的，有的。在電車之類的地方，經常能聞到呢。在沒有了性生活之後，他們身上就會有臭味了。

C子　啊，真的嗎？

A子　在沒有了性生活之後，老婆也生氣，所以也開始嫌棄他，覺得照顧他太麻煩，也開始有些偷懶了。從這個時候開始，他們身上似乎就有了臭味了。

B子　這不是因為生理變化而產生的獨特的氣味嗎？

A子　是發霉的味道。

C子　女人身上就沒有嗎？

A子　我丈夫跟我說過，女人也臭呢，只不過被香水和化妝品的香味給蓋住了罷了。因為香水和化妝品能夠掩蓋女人身上的老人臭，所以男人們就說女人反倒是更臭呢。

B子　對、對、對，女人就是這麼自以為是。

D子　可是，雖說這個時代的女人能夠想說就說暢所欲言了，可也挺不容易的呢。

A子　時代啊。在我還是個小姑娘的時候，像這種話，我可是絕對不敢說出口的。

B子　啊，要是在十年前，還真是不能說出口呀。時代變了，突然間就什麼都能說了呢。這就是所謂的改革啊。

C子　可是，就算已經受夠了，可還是得在文化中心寫作文，就算不情願，也很少離家出走。得蹲在家裡好好地煮飯，在丈夫回家之前趕回家裡，在外面的時候還得給家裡打個電話。哎，又到了不得不回家的時候了。（笑）

非常感謝，回去的路上請注意安全……我會給各位的家裡打個電話，為你們的晚歸而道歉，順便也幫你忙做個不在場證明。

第十二夜　變老的孤獨

衰老便是「同行二人」

歡迎光臨。外邊天氣這麼冷還經常過來，裡面請吧。看上去你比上次見面的時候要緊致一些了，是控制飲食的功勞嗎？人們常說，上了年紀最可怕的事情就是會過度肥胖。上了年紀以後若是身體太瘦，看上去就會一副貧窮寒酸樣，就連自己心裡也沒底，所以就想長胖一點，但是長胖了可是一點好處都沒有呢。你現在的胖瘦程度就是比較舒適的吧。

天臺宗的住持山田惠諦大師，今年已經九十六歲了，可看上去卻比所有的和尚都要身強體健、精力充沛呢。就算到了現在的這個歲數，每年住持大師都會出去國外或是在國內巡錫（譯註：又作巡教，即巡遊教化之意），那種精氣神，就連年輕人都甘拜下風。為什麼你的身體會這麼好呢？我曾經問過有沒有什麼健康祕訣，住持大師對我說：吃飯八分飽，再喝少量酒。適量是個什麼概念呢？我接著問道。啊，哪怕知道它再美味，也只能喝一個回合。住持大師是這麼回答的。這百藥之長，就要像服藥一樣來飲用。

精神上，不要對過去耿耿於懷，也不要為未來而擔憂煩惱。在此基礎上，可以以近期的未來為目標，創造未來。住持大師如是說。明天要做些什麼呢？這就是對近期未來的打算吧。半年內去夏威夷宣教啦，明年秋天去中國的天臺山啦，這些就是所謂遙遠的未來。確實，抱著不健康不行的理念這麼做的話，自然就會去努力了。更何況到了那個年紀，忘利他行是天臺宗鼻祖傳教大師的根本教義，宣揚的也是一種忘己利他的理念。一切為了他人的幸福，九十六歲的住持大師就這樣投身到了這種善行中去。和其他祕訣相比，這才是住持大師的終極健康祕訣吧。

你才剛剛七十歲吧。在住持大師看來，你還是個孩子輩的年輕人呢。永平寺前任館長秦慧玉禪師曾告訴我說：「所謂禪，就是將身心最好的狀態調和在一起。」

都說僧侶長命，可現實中能給你一樣長壽的人已經很難得了，能活到八十歲以上的更是鳳毛麟角。而且，偉大的僧人未必就長壽。空海六十一歲圓寂、最澄五十五歲圓寂、道元五十三歲圓寂，因而他們都不能算得上是長壽。然而試想一下，這種弘揚宗祖遺留下來的宗教事蹟的偉大性，和人類生命、肉體的年齡好像也沒有太大的關係。

畢竟，人類的生命不在於壽命有多長，而在於如何才能更好地活著。你覺得呢？

西蒙·波娃寫過一本書，書名是《衰老》。關於衰老這個概念，她從生物學的、歷史的、哲學的、社會的種種角度做了全方位、深層次的考察分析，並寫出了《第二性》這本和《衰老》堪稱是雙璧的名著。

這本從正面直擊衰老的名著，在出版時她已經六十二歲了。在書寫這本集大成之作以前，她曾耗費了兩、三年的時間來準備相關工作。意識到自己也會在不知不覺中衰老，因而她才寫下了這部著作。

在這部書中，將六十五歲以上的人們定義為老人。

釋迦摩尼世尊年輕的時候，曾在城外的路邊上目擊到老人，這便成為了將他引入佛門的鑰匙。兩千五百多年的歲月就這樣悄無聲息地流逝了，可即便到了今天，人們也還是無法抵禦衰老的侵襲，對於衰老的恐懼，也一直綿延至今。

釋尊將衰老看做是人生在世不得不受的四苦中的一苦。只要是活著，我們就不得不衰老，這便是人生的必經之路。在意識到這點之後，就本能地儘量不去正視衰老。

這是因為在人們的固定觀念裡，認為衰老是醜陋的事情、不快的事情、骯髒的事情、寂寞的事情、和死亡息息相關的事情，這種想法占據了他們的頭腦，久久不肯離去。

走在大馬路上，如果看見有暴屍街頭的動物，我們會條件反射般地將視線移開。同樣，在我們意識到不祥的事情可能會發生時，也會本能地把它清除掉，或者乾脆逃走。

然而，不管我們如何的四處鼠竄，衰老和死亡還是會在我們身後窮追不捨，緊緊地從背後抱住我們不撒手。

巡禮的斗笠上總是寫著「同行二人」這四個字。這種情況下，其中的一個人就是指佛祖了。然而，我們的衰老和死亡，就好比是這個世界上夫妻伴侶的分別，的確是一心同體、同行二人這種想分也分不開的旅伴關係啊。

不服老的非老人

雖然你看上去依然是那麼的年輕，可實際上也和我一般年紀了，也是個到了古稀之年的老人了。

我的戶口年齡已滿六十九歲，算起來也七十歲了（當時是一九九一年）。對於這件事情，我自己是無論如何都無法相信。自從我剃度以後，白髮也好掉髮也罷，都看起來不明顯了。越剃越長的頭髮，只在十八年前的剃度當時才呈現出如此強烈的生長態勢。

現在，我的工作日程中已經排滿了亂七八糟的工作，空中飛人似的乘著飛機到處飛來飛去。正因如此，我可能都不會生病了。然而，我畢竟已經在這個世界上活了七十年，這是個不爭的事實。在這七十年裡的漫長時光裡，我的肉體也的確一直在被使用。雖然肉眼看不見，但我的內臟肯定也是這裡那裡的到處是損傷，這也是理所當然的事情。

如果在某天的一個清晨，我因為過勞，身心俱疲症侯群綜合症爆發而倒地不起，恐怕誰都會覺得不可思議吧。

總的來說，我就是太忙了，對於自己皮膚的衰老啦、皺紋啦之類呈現出老人特性的東西，壓根就沒有時間好好檢查。也只有在洗臉和洗澡的時候，我才會看看鏡子裡的自己。不過那時的我已經把眼鏡摘了，所以看東西也更是模模糊糊，根本就看不見什麼色斑和皺紋。更何況每當洗完澡的時候，鏡子上也是熱氣朦朧的，所以出現在鏡子中的肯定就是一個絕世美人了。

盡可能地將自己的目光從趨於衰老的現象中轉移，長此以往，就會產生一種錯覺，認為自己永遠年輕。我覺得，相對於戀愛的結晶作用，衰老的結晶作用更加容易。

然而，我也偶爾會直面自己「衰老」的現實。為什麼會這樣呢？因為被稱為老人我，卻無論如何都無法理解自稱為「非老人」人群。他們來到這裡，向我控訴自己衰老的煩惱。

對於那些已經變老的人們，只有在他們承認自己是個老人的瞬間之後，我才會和他們交流談話。是呀是呀，我還是這麼精神，所以果然還不能算是個老人吧，說完，他們就起身回家了。隨後，我才自言自語道：「但是我們果然已經是老年人了呀。可是，我們為什麼就會變成了老年人呢？」我還年輕著呢！你看，我可精神了。然後，在人前像稻草人似的金雞獨立了好幾分鐘，在背後合掌給別人看，想以此證明自己依然年輕。可是，這又能怎樣呢？再怎麼說也是七十多歲的人了，的的確確是個老人無疑了呢。

不要輕易叫歐巴桑

前幾天，在報紙的投稿欄裡，刊登了一位「六十八歲」主婦的投稿。

題目是「不要輕易叫歐巴桑」。

在一個下著傾盆大雨的日子裡，她抱著一個碩大的黑色紙包，站在公車站上。

這時，從背後傳來了一個聲音：

「歐巴桑，這附近有家大書店呢！」

回頭一看，原來站在背後的是個看上去快有六十歲的男人。都這麼個老男人了，居然還敢她叫歐巴桑！她聽了很生氣，卻裝作什麼都不知道的樣子做出一個笑臉，回答說：

「這樣啊，對面的百貨商店旁也有一家呢。」其實，透過磅礡的雨絲，她馬上就看見了他所說的那個對面的書店了。

隔著公車的窗戶玻璃，她看著那個冒雨朝向百貨商店方向走去的男人，雨中的他看起來很狼狽。她心裡有些幸災樂禍地想，活該他自作自受。

「雖然已經漂漂亮亮地活到了這個年紀，但還是不希望被人稱作『歐巴桑』、『歐吉桑』之類的吧。」她是這樣總結的。

說起來也奇怪，總覺得有些好笑。她覺得剛才的那個男人應該不到六十歲了，當然，也可能出乎意料地還不到五十歲，這點就不得而知了。像他這種人，大概單是看見「歐巴桑」這樣的字眼，就會產生不愉快的心情，就彷彿想要把那位女性給像丟垃圾一樣丟掉似的。

他應該就是那種患有「歐巴桑」過敏症的人吧。能夠如此看待自己這種天性的，也就是知識分子吧。那個人稱呼別人時都過於偏執，還能有什麼可愛的地方嗎？

然而，這篇投稿引來了巨大的迴響。一個二十一歲的女學生氣憤地投稿說：「這個阿婆心眼可真壞！」在她看來，那個在冒雨步行的男人才真是值得同情。

「要讓一個中年男性管一個六十八歲的女性稱為『小姐』，確實有些強人所難呢。要是稱呼你為『曾經的小姐』，你會滿意嗎？依我看，這位太太已經是很有禮貌的叫法了。」

這篇文章的題目就是「真是壞心眼啊」。看到這篇文章以後，我也忍俊不禁了。我想說，這個二十一歲的女生真是太年輕、太年輕了。二十一歲的她，真是想像不到自己將近七十歲時候的樣子的。她無法明白那個壞心眼的阿婆的幽默的。

那個跑到書店裡躲雨的男性，當然叫我「小姐」就好了。如果是法國人的話，應該會鄭重地叫聲「女士」來打招呼吧。不管是什麼時候，叫聲「小姐」大都是可行的。

打個比方，不管對方是個寡婦還是從沒結過婚的女性，這麼稱呼都沒有什麼問題。逐一回過頭去看看的話，大抵是不存在什麼「我丈夫現在已經死了」、「我一次婚都沒結過呢」的女性吧。

大致上，日本人喜歡對對方採用模稜兩可的稱呼，這是一種迂迴的禮貌。就算不使用第三人稱，也能夠好好地交流對話。

「不好意思，我想請問一下……」已經可以將自己的意思充分地傳達給對方了。因為在那裡再沒有第三者了。恐怕聽到這話，那位男性就教養全無了吧。他能打算在書店裡買什麼書呢？

當然，那些能夠明白我想表達的意思、噗哧笑出聲的人，也會有一些投稿到報紙去，表明支持的態度。

場景還是在公車站。站在那兒的是一個七十一歲的男性，他被那個和媽媽一起等公車的兩歲左右的女孩子叫了一聲「老先生」。那個孩子的年輕母親，一邊笑著一邊教育她說：「哎呀，叫老先生可是很沒禮貌喲。」

「在那個小孩子看來，我肯定就是個不知不扣的老先生了。雖然不得不承認這一點，但是能夠得到年輕母親的關愛和體諒，我的心裡還是感覺很溫暖。」有人這麼寫道。

最後的一篇文章，是一位六十九歲的知識分子關於「承認衰老吧」的投稿。人一旦過了七十歲，肉體上自然而然的就開始發生老化現象，這種現象也體現在了姿態的方方面面。但是只要心情沒有發生變化，在他人眼中也就會注意不到自己的衰老。也有人說，要在自我意識中融入更多的客觀性，接受來自他人的坦率目光，從而持有更為寬廣的視野。

這種說法也沒有什麼不當。不過客觀的來說，上了年紀以後看上去比實際年齡年輕的老人也在不斷的增多，這是個不爭的事實。這位服裝設計師和我同歲，今年六十九了。可她現在依然頂著現役的頭銜，積極投入在緊張的工作之中，這就是職業女性的先驅者吧。

或許這就是像她這樣的人對自己的能力持有自信態度的佐證，不管被人怎麼稱呼，都不會太放在心上的。又或許因為她看上去那麼年輕，也時常因為高超的抽褶縫紉法技術而飽受讚譽，人們根本就不會面對面的管她叫歐巴桑呢。

那封呼籲人們不要叫人家歐巴桑的投稿的關鍵點，就是肉體的衰老和精神的年輕並不是一致的。

肉體年年老去，可肉體之中我們的內心，也就是十六、七歲的樣子嘛。如果說到老人的悲劇、煩惱的源頭，那就是伴隨著這個肉體和精神的不平衡了。

綻放在嚴寒枯木上的愛之花

人的心靈，直到死亡的那一刻都一直充滿了孤寂，因而才會無止境地尋求愛情或者戀意。可肉體卻告訴我們，這簡直就是毫無可能的天方夜譚。

我們為美麗的事物而感動，為年輕而感動，為燃燒的激情和權力而感動，為他人的魅力而感動。這種心靈的潤澤，不管是十六、七歲的時候還是八十、九十的時候都沒有什麼不同。

毋寧說，當意識到這些東西全都離自己而去時，我們已然白髮蒼蒼。這一切的一切都會化作鄉愁，感動的角度也變得更深刻、更廣泛。這種感動成為了一種嚮往，越接近，越想要觸碰，越想要把它據為己有。因此，戀愛這種現象便自然而然地產生了。

老年人往往和戀愛之類的感動無緣了，畢竟伴隨著身體和心靈的枯萎，這也在情理之中。可認為這是理所當然的話，那麼從根本上就發生了偏差。

日本江戶中期的江戶町奉行大岡越前守的母親，直到死亡的那一刻都還有性欲，火盆裡的灰攪動的動作就是個明證，這個故事也廣為流傳。人，至死都有戀慕之心啊。肉欲並不依附於肉體，因此老人的戀意無法斬斷。

荒畑寒村氏（一八八七—一九八一，日本評論家、社會活動家、眾議院議員）九十三歲去世，在他九十歲的時候依然陷入了和四十歲女性的戀情之中。當然，他的肉體早就喪失了男性的功能。

「我呀，就是根嚴寒枯木呢。」

他經常強調自己已經衰老的事實，這都成了他的口頭禪了。可即便是寒嚴枯木的肉體，也還是春心蕩漾呢。寒村先生每天都會用稿紙給那位女性寫情書，而且每天都能寫二十封之多。

而且，他九十歲了還能登上憧憬已久的阿爾卑斯山，這不也是他活力復甦的佐證嗎？而這，僅僅是因為想和那位女性同去。

阿爾卑斯山是瑞士的發祥地。周圍的人都覺得他這把年紀還去爬阿爾卑斯山簡直是胡來，拚命阻止他去，可他就是不聽。結果他鐵了心的要去，我們這些反對者也只好作罷了。

然而，那位女性有她自己的戀人，最終這段感情還是以單相思告終。

旅行出發時，他還和那位女性在一起，中途的時候，那位女性自己回來了。

對於寒村老先生的熱情，我那個時候貼近地瞧了又瞧，竟全然沒有老醜的感覺。

多麼一心一意又純粹的黃昏戀啊，我只覺得深受感動。

九十歲的寒村先生，雖然已經到了快要作古的年紀，但依然時尚漂亮、高雅美麗。這個老紳士，從年輕的時候就開始同大杉榮（一八八五—一九二三，日本無政府主義者、思想家）一道反對國家權力。在當時的那個時代，社會主義還是不合法的，因此他為了堅持主義，曾數次被監禁。我倒是沒覺得他是個革命家，在我眼裡，他就是個高雅的老紳士。

如果看到文章上有「寒村老先生」這種帶有老頭子意味的字眼，肯定會冒火。他的脾氣像是年輕人，心境也很是時髦愛美呢。

出發去阿爾卑斯山的前一天，他流著眼淚對我說了心裡話：

「這段戀情雖然無法與肉欲相伴相生，但多少也算是有些安慰。可是，也正因如此，我的嫉妒卻有五倍之多。」

我還從未見過這樣美麗的老人的眼淚。

九十歲了，卻依然還能保留著如此未經世故浸染的戀慕之心，我只想說人類萬歲。

我曾寫過一本名為《遙遠的聲音》的小說，書裡描寫的是先生第一任妻子——管野須賀子的生平。明治四十三年，她因大逆事件和幸德秋水等人被一併送上了斷頭臺，結束了露水般短暫的一生。做為日本的女革命家，她是被處死的第一人。

承蒙寫作這本書籍的工作，我有幸結識了寒村先生，在他過世以前，我們都一直保持著非常親密的關係。即便是現在，我依然覺得和寒村老先生的這份交往情誼是自己人生中莫大的光榮。

直到現在，先生的音容笑貌依然時常會栩栩如生地浮現在我的眼前。沒有肉欲相伴，嫉妒有五倍。先生落淚時的表情是那麼的哀怨和美麗，我時常會想起他這個鮮明的表情。如果能有這般美好的晚年，就算是活到九十歲、甚至是一百歲，人們也會對餘生充滿期冀吧。

在寒村先生去世前夕，他還一直在書寫《平民社時代》這本書籍。去世之前，他還在念叨著：

「快點好起來出院吧，平民社時代還沒寫完呢，不寫不行呢。」

這個時候，身為退休男性，突然間就被一種虛脫感襲擊，繼而失去了生存的目的、迷失了前進的方向，就像是大件垃圾一樣黏著妻子不放，又彷彿不肯落地的濕漉漉的落葉。每當外出時，接連開口說「老人家我也……」的老年男性總會被那些婦女們嘲笑。聽聞這種事情之後，寒村先生說：

「散漫的傢伙們啊，你們還算得上是男人嗎？」

他那帶著江戶口音的連珠炮似的清晰說話聲，至今依然迴旋在我的耳畔。

美麗的衰老

我和寒村先生幾乎是同一個年代生人，但我的人生卻和寒村先生的人生完全不同，可以說是兩個極端。這麼說起來，晚年的我還是和活到九十四歲的小說家里見弴先生十分親近。

按輩分來說，弴先生是有島武郎和有島生馬的弟弟。有島家屬於上流社會，兄弟幾個全都在學習院（譯註：日本宮內省直轄的皇族、華族子女接受教育的學校）接受教育。作為白樺派的文學者，他在九十多歲的時候依然孜孜不倦地進行著小說創作活動。

他雖然身材短小，不過貴在體型勻稱、行動利落，如此身輕如燕，看上去一點都不像個老人。有島家的人個個都很美貌，弴先生也是個不折不扣的美男子。

不管什麼時候見到他，他的皮膚總是光彩照人，就連一點皺紋或斑點都沒有。只不過他頭髮稍微稀疏了些，但也用梳子梳得整整齊齊。即使是在現在，他給人的感覺就像剛剛洗完澡那麼的清爽呢。像他這麼乾淨美麗又有魅力的老人，自他以後我再沒能沒有見到第二個。

他的時尚指數也堪稱超級。從他的孩提時代開始，他就廣受經濟上的眷顧，一點都不愁沒錢花，時時刻刻都保持著上流社會人士的水準。在他還是個小孩子的時候，擁有的就是些最好的東西了吧。

可就算老到了九十歲，他所擁有的也還盡是些最好的東西，而他卻絲毫不以為意，就彷彿那些只不過是些極為普通的東西一樣。

在他最後的晚年生涯中，曾一度因為腦溢血而病倒。自從恢復了健康以後，他就不方便再穿足袋（譯註：日本式短布襪）了，取而代之的是瘦腿裙褲和布鞋。就像中國的鞋子那樣，是私人定製的吧。他身穿瘦腿裙褲、拄著西式拐杖的樣子依然是說不出的瀟灑和富有雅趣，我能夠感受得到。

年輕時的諄先生曾在花街柳巷裡放浪形骸，而類似於灑脫和風流的精髓氣息卻總是縈繞在他的身邊。

從諄先生的身上，我確實受益良多。

在我還未削髮為尼時，我們就已經開始有了往來；遁入佛門後，我們的關係就更加隨意放鬆了。

我想，這大概是因為只有在那裡，我們兩個人都離死亡那麼近，而僧人打扮的我能夠讓他感到更加的依戀和安心。難道不是嗎？

然而，我們兩個人都是無神論者。身為社會主義者的寒村先生，自然是以唯物史觀的思想為後盾。因此，毫無疑問地，他應該就是個無神論者了。
　　孬先生從骨子裡就完全是個自由主義者吧。關於先生的信仰之類，我一次都沒有向寒村先生詢問過。
　　因為就算不問，我也知道答案。
　　《新潮》上曾刊登過採訪孬先生的報導，上面記載了長達四個多小時的採訪對話。當時，先生馬上就要到九十歲了，不管是《新潮》還是我，都想要聽聽先生的「一切」，這點無可否認。對於我們的意圖，先生也十分明瞭，因此爽快地接受了我的採訪。
　　以下是我們當時的對話。

「先生相信來世嗎？」
「不相信。」
「那麼神和佛呢？」
「不相信。」
「死了的話會怎樣呢？」
「死了就沒有了呢。沒有了。」

「那麼，如果你去世了，有沒有考慮過會與阿良女士（及其深愛的情人）在那個世界重逢？」

「沒有呢。」

先生的回答十分果斷，表情也是嚴肅緊繃的。他就這樣凝視著我，用獨特的措辭和和藹的語氣和我對話。現在想來，這一切的一切就彷彿是昨天發生的那般，歷歷在目。

儘管如此，相較於我帶髮的身姿，他們似乎都更加喜歡化身為尼的我，不管怎樣我都能感受得到。生前在我面前聽我講經，逝後我為他們念佛超度，這完全是個偶然的一致。

「等我死了以後，你就把你的經書燒給我吧！」

寒村先生曾面帶羞色地對我說。在他的火葬爐前，我趁寒村先生尚未化骨為灰，一個人誦讀起了阿彌陀經。

淳先生也對我說：

「等到我的葬禮時，師父你可一定得健在啊！讓我享受和他一樣的待遇就行。」

淳先生逝世時，棺材蓋上鋪了層白布，上面擺著他生前最喜歡的古九穀（譯註：又名九穀燒，日本彩繪瓷器的一種）的酒壺和酒杯。在他的棺木前，我奉上了他所期冀的阿彌陀經。

每當想起它們兩個人的事情，我就會思緒不斷。哎呀，你也喜歡犀先生寫的《椿》這個短篇麼？你也讀過《寒村自傳》嗎？那是自傳中最出色的章節呢。好開心啊。不過我依然不認為明治時期出生的男人雖然頑固了點，但還是優秀的多。

寒村先生可是十分的容易寂寞呢，所以才會三度結婚。我是這麼認為的。他的那三任妻子都是先他而去，這該有多美的寂寞啊。可是，他直至生命的最後都在忍耐著這點，將自己投身到了工作之中。

犀先生也是，相親相愛的阿良女士先他而去，我想他也一定很寂寞吧。而且，活的時間越久，便有更多的親朋好友會先行逝去，那樣的寂寞該是多麼的難熬啊。

面對周圍人們的細緻關心，他們兩位都絕不會露出寂寞的表情讓別人察覺。

關於社會上那些說老人又髒又麻煩之類的議論，我覺得是不負責任的。我只想說，請適可而止吧！

凝視著每天都在老去的自己，怎樣度過晚年才能不給別人添麻煩呢？該怎麼生活才好呢？六十五歲以後，人們往往為此煩惱不已。

不管老成什麼樣子了，自己都不去承認。可即便如此，衰老還是和死亡一樣，同為人類無法逃避的命運。因此，事到如今就不要再戰戰兢兢的不服老了。接受這個命運，難道不是一個明智之舉嗎？

不過在那之前，我覺得十分必要看地更加明白一些。晚年就是和衰老的作戰，能夠更加清醒地去認識敵人比什麼都重要，這也是十分必要的。

今晚又到了該說再見的時候了吧？那麼，我們下次再聊。祝你晚安。

第十三夜　與孤獨共存

托爾斯泰的晚年

歡迎光臨。今天，我們就就著昨晚的話題，進一步討論一下彼此所共同承擔的衰老吧。

昨天晚上，在你回家之後，我又重讀了波娃的《衰老》和《告別儀式》。今天一天我也會繼續讀下去。

是以前讀的時候忽略了嗎？還是時間太長忘記了？此次重讀，我發現了一個很有意思的地方。或許是因為曾和孭先生以及寒村先生聊起來過，所以才會注意到這頁的內容。

托爾斯泰的晚年。

托爾斯泰在晚年的時候，和妻子索菲亞的關係是出了名的惡劣。雖然夫婦二人經常吵得不可開交，但在托爾斯泰七十歲生日的時候還是和索菲亞睡在了一起。波娃在書中這麼寫道。

晚年的托爾斯泰致力於從宗教中尋求靈魂的救濟。他否定私有財產、否定肉欲，從創作《克萊采奏鳴曲》的時候起，和索菲亞的關係就開始緊張了。托爾斯泰這種思想上的變化，就一個作家而言，說不上是進步還是退步，可對索菲亞來說，看到的就只有背叛了。在謄寫整理丈夫小說的手稿時，索菲亞為此感到驕傲，也為文豪丈夫的名聲而感到喜悅。如果丈夫想要放棄寫小說，她是無論如何都不會投贊成票的。

從這個時候開始，索菲亞的歇斯底里症就愈發嚴重了起來。

在外人看來，托爾斯泰在六十二歲時候開始產生的變化，以及索菲亞是在五十歲左右開始的歇斯底里，或許是老化現象的一種。這種觀點也是成立的。

不管怎麼說，托爾斯泰一直想要逃離歇斯底里的妻子，隨時都在做著離家出走的打算。終於，他下定決心帶著女兒亞歷山大和醫生踏上了離家出走的旅途。在那個流浪的旅途中，作家病倒了，寒冷的天氣使他不停咳嗽，並開始發高燒。他們在阿斯塔波瓦車站下了車，七天後他就病逝在這個荒涼的小站裡。一九一〇年十一月二十日，享年八十二歲。作為一代大文豪，他的死亡充滿了悲慘的色彩。

上了年紀讓人謙虛

說起沙特的晚年，和他生前金光閃閃的文壇成就相比，他的最後那幾年也沒能逃脫悲慘的命運。

在《告別儀式》這本書裡，波娃記錄了沙特在生命中最後幾年的生活，以及他的死亡。

一九七一年，沙特六十六歲。那年他初次病發，落下了嘴唇歪斜的病根。從那之後，他就經常容易生病。直到一九八〇年、七十四歲的沙特臨終之前，他就已經表露出了被老化現象漸漸侵蝕的樣子。

波娃用冷靜的目光注視著他，客觀地記錄下了這一切。

餐廳裡，沙特曾因小便失禁而弄濕了褲子；波娃的房間裡，沙特也曾有過因為小便失禁而弄髒了扶手椅的經歷。這之類的種種，只是讀起來就讓人感到心驚肉跳。

作為世界上的知性代表，沙特同波娃有過一段光輝歲月。在他們身體還算健康的時候，曾應邀造訪過日本。那是一九六六年時候的事情了。招待方是慶應大學和人文書院。

當時，沙特六十一歲，波娃五十八歲。我曾前去聆聽過沙特的講演，也為他那富於魅力的精神姿態和講演而深受感動。

美麗的波娃也在女性文學者協會舉辦了座談會，會上，她發表了親切的談話。在我看來，波娃的確是個不折不扣的美人，她那超乎尋常的理智無疑也證明了她的優秀。然而，我卻並不認為她是一個值得思慕的人。

相對於文學，提問更多的卻是關於日本公共汽車管控現狀這樣的問題。在法國，墮胎是重罪，據說她當時正在為保護婦女不生育的權力而奮鬥。

儘管如此，那時候的他們二人，確實是一對富有魅力的情侶。他們彼此深愛，卻沒有走入婚姻的殿堂，他們彼此可以作到互告新歡，但又執著於舊愛才是最美，相互之間甚至還允許存在某種危險的性自由。可即便如此，他們也絕對無法做到彼此分開。作為理想之愛的新鮮姿態，在年輕人或是擁有共同事業目標的情侶看來，他們的這種關係堪稱楷模。

作為那個世界的思想領袖，作為以存在主義和自我約束為文學運動核心的智慧人士，作為果斷拒絕諾貝爾獎的老人，沙特卻依然沒能戰勝衰老那日積月累的侵蝕。他飽受了絕大多數老年病的折磨，歲月的痕跡帶給了他日趨醜陋的外表。沙特的晚年，就是以這樣一副難以忍受的樣子而存在。

沙特自己沒有覺察到他的小便失禁，波娃感到非常擔心，便說：

「你好像尿失禁了呢。就連醫生也不得不這麼對你說。」

「嗯，已經對我說過了呢。很久以前就這樣了啊。那些細胞似乎都沒用了吧。」

沙特是這麼回答的。這讓波娃大吃一驚的一頁，不由得吸引了我的視線。都變成那樣了，難道還不能夠讓你擔心嗎？她如此詢問道。而他只是微微一笑，回答說：

「上了年紀以後，人就會變得謙虛呢。」

波娃在她的書中這樣寫道：

——他的那種毫無刻意的樸實回答，迄今為止我還是頭一次見到。我為他的那種謙虛而感動。與此同時，他也喪失了原來的攻擊性，我為他的放棄而感到心痛。——

誠然，為了迎接不知何時回來造訪的衰老，我們必須承認自己絕不是什麼特別的人。不管是誰都無法逃過衰老留下的印記，對於芸芸眾生來說，這是眾生平等的體現。衰老，並不是一件可恥或是屈辱的事情，我們應該謙卑地接受它。這是沙特教會我們的事。

如果你有信仰，那麼就面對神佛，如是就好了：

「我等心悅誠服。只是如果可能的話，願神佛保佑我不會過分痴呆。」因為沙特和波娃都是無神論者，所以他們的謙虛是訓練自己的意志和心靈，不得不謙虛吧。人，一旦變得謙虛了，應該就會順從地接受命運的安排了吧。

沙特的痴呆

當「痴呆的翅膀」掠過沙特時，他已經開始時常表現出老年痴呆症的症狀了。在這個時候，波娃也將它寫了下來。

讀到這裡的時候，我的心撲通撲通直跳，痛感也伴隨而來。然而，真的就只能那樣了嗎？就因為痴呆，一向聰明的沙特居然就連在眼前照顧他的女人是誰都記不起來了，而且還開始嗜睡，眼睛也幾乎看不見了。

此後，在沙特臨終之前，他做出了一件更為恐怖的決定性失敗事件。沙特的一段對話被發表了出來。而這段對話，完全顛覆了他此前的思想及意見。對話者趁虛而入，順著他的言論大肆渲染。這段對話被公之於眾以後，沙特受到了極為負面的評價。就連波娃也對這段對話提出了譴責。眼看著沙特就要對這個事件做出回應了，可惜他還是先行一步駕鶴西去了。

六年之後，波娃也追隨沙特去了另一個世界。大約在沙特去世後三年的時候，像是回應沙特的死亡，波娃完全變成了一個病人。波娃也喪失了昔日裡朝氣蓬勃的活力。不過，她好像沒有痴呆。就連沙特都痴呆了。深夜裡，我獨自一人反覆地閱讀著這一頁。

與衰老和平共處

在失去愛侶沙特之後，波娃陷入了孤獨之中。她那哀歎的樣子，著實讓我吃了一驚。

她是在一九八六年的四月十四日去世的。我記得當時聽聞這個報導時，自己還感慨一個時代結束了呢。她去世時，享年七十八歲。我還心想，要是他們兩個人都能再多活十年就好了。

不過，若是痴呆的沙特再多活十年的話，我猜想他的日子會更加的痛苦吧。我深知，面對衰老和死亡，人類的力量是多麼的有限啊。即便波娃使盡渾身的力氣、洋洋灑灑寫了上下兩冊有關衰老的《衰老》，可還是無法欣然迎接衰老的到來。

雖然如此，可就像是為了等待一個不知何時才會到來的客人，又能做出怎樣的準備呢？

終有一天，衰老一定會降臨在我們身上。到了那時，無論我們的臉頰會老成一副什麼模樣，只求此時的我們不會狼狽。

我也好你也好，已經在迎接衰老這個客人的到來了。然而慶幸的是，光顧我們的這位衰老客人依然溫和仁厚、客氣拘謹，並沒有給我們造成危害。可是我們不要忘了，它可是個任性無常的客人，所以我們也並不知道它什麼時候會發脾氣。還是儘量多留心一些吧。

況且，這個客人可是個一旦降臨就絕不會離開的厚顏無恥的傢伙，還是不要愚蠢地想要攆它回去為妙，那只會刺激到它。既然無法攆它離開，那就想個法子和它和平共處吧。

當你開始去想自己已經老了的時候，衰老就開始作用了。這是我一貫的主張。當意識到自己已經開始衰老卻沒有感到寂寞的人，大抵是不存在的吧。

在所有的孤獨之中，年老的孤獨感受是最劇烈而駭人的。

《米利亞姆》

一說起《第凡內的早餐》這個話題，馬上浮現上腦海的就是奧黛麗・赫本主演的那部美國電影吧。那部電影是根據楚門・卡波提（Truman Garcia Capote）的同名小說改編而成的。伴隨著主題曲〈月河〉的旋律，這部電影取得了空前的成功，堪稱是名噪一時的佳作。當時的赫本依然是年輕美麗，她影片中的衣著打扮吸引了所有觀眾的目光。

憑著《別的聲音，別的房間》，鬼才楚門・卡波提在文壇華麗出道。他於一九二四年九月三十日在美國南部的新奧爾良出生，一九八四年八月二十五日逝世。他的屍體在朋友家裡被發現，引發了外界的種種留言猜測，被認定為是意外死亡。

在楚門・卡波提六十年的一生中，雖然只留下了為數不多的作品，但自從他在十九歲發表了歐・亨利短篇小說獎獲獎作品《米利亞姆》之後，便精力充沛地忙於工作製造話題，也因此而世界聞名。他終生獨身。雖然他身材矮小、也稱不上是美男，卻多有花邊新聞，調情對象多為上流社會的名流女性。像是甘迺迪的寡婦賈桂琳・甘迺迪，甘迺迪的妹妹李・拉齊維爾公爵夫人，CBS的會長威廉姆・貝利夫人，都曾一度成為他在風流韻事中的女主角。在他創作世界性銷售冠軍的《冷血》一書時，在取材上也曾獲得了女作家哈波·李（Nelle Harper Lee）的協助和支持。而她，也是他的戀人。

對於卡波提來說，《米利亞姆》可以算是他的處女作。可為什麼外界傳言，晚年的卡波提對自己的這部作品深感厭惡呢？

故事是這樣的。

——H·T·米勒太太住在東河附近的一座公寓裡。她一個人住一套舒服的房間——兩間屋帶個小廚房，已經有好幾年了。作為一個寡婦，她的丈夫H·T·米勒先生給她留了一筆數量可觀的保險金。

她這個人沒什麼朋友，也不大出去買東西，就連公寓裡的其他住戶也幾乎忘了還有這麼一個人存在。

她穿著普普通通的衣服，留著鐵灰色的短髮，只是馬馬虎虎地燙了個頭髮而已。她從不化妝，長得也極其一般，絲毫都不引人注目。米勒太太已經六十一歲了，可是讓十個人來看，就會有十個人覺得她比實際年齡還要顯大。她幾乎對任何事情都已經喪失了積極的興趣。

無論什麼時候，她都會把兩間屋子收拾得一塵不染；偶爾抽根香菸，自己做飯，還養了一隻金絲雀。

有一天，她遇見了了米利亞姆。那是個飄著雪花的夜晚。晚飯後，米勒太太把餐具收拾乾淨，便坐下來翻開了一份晚報，一家電影院的廣告闖入了她的眼簾。於是她立即披上了她的海狸皮大衣，穿上高統膠靴，走出了公寓。她只在一進門的地方留了一盞燈，因為天下最使她不安的莫過於黑暗了。

寒氣襲人的小雪輕盈地從天空飄落。伴著紛飛的細雪，米勒太太來到了電影院。售票處前已經排了長長的一隊人，於是她便站到了隊尾。中途她還買了包薄荷糖。隊伍往前移動得很慢。這時，她發現了屋簷下站著一個小女孩。

米勒太太還從未見過那麼長那麼怪的頭髮，銀白色的髮絲就好像白化病患者的一樣，令她大吃一驚。小女孩的身材看上去瘦弱而單薄。雖然是個女孩子，可她卻像男孩子一樣將兩個拇指插在訂做的深紫色天鵝絨外衣口袋裡，別具一番單純而特殊的魅力。當小女孩看向米勒太太時，她回報以熱情的微笑。女孩兒不假思索地走了過來，開口說：

「你能幫我買張票嗎？不然只有我一個人的話，他們是不會准許我進去的。」

於是她們兩個一起走進了電影院。再過二十分鐘，前一場電影就該散場了。米勒太太端詳著眼前這個儼然貴婦人般的小女孩，發現她生著一雙大眼睛，一雙淡褐色的、沉著的大眼睛，看不出一丁點的孩子氣。這雙與眾不同的大眼睛，幾乎占滿了她小小的臉龐。米勒太太詢問她的名字，小女孩回答說，她叫米利亞姆。米勒太太吃了一驚，因為她的名字也是米利亞姆。

米利亞姆用舌頭撥弄著米勒太太送給她的那塊薄荷糖。

雪飄了整整一個星期。朔風中飛舞的雪花籠罩著一切，米勒太太也失去了時間的概念。對於被雪花堵在家裡的她來說，星期五和星期六已經沒有了什麼區別。

這天晚上，米勒太太獨自一人吃完晚飯，往臉上搽了些冷霜之後便坐在床上讀起了《時代》雜誌。這時，門口的門鈴突然開始執拗地響了個不停。她看了看表，現在都已經十一點了。可鈴聲仍然不住地在響，直到米勒太太把門打開了一條縫。

門外站著的居然是身穿深紫色天鵝絨外衣的米利亞姆。米利亞姆迅速侵入了她的房間，然後旁若無人地在屋裡隨意地走來走去。我想吃夜宵。花瓶裡的那些假玫瑰花可真沒意思啊。我想吃甜食。在這裡，米利亞姆毫不見外地說著自己想說的，做著自己想做的一切。她隨手打開了米勒太太的珠寶箱，從裡邊拿出了一枚寶石胸針別在自己的絲綢衣服上。就連籠子裡的金絲雀也莫名其妙地開始唱起歌來，可平時它只有在早上才會歌唱的。

她為什麼要來這裡？米勒太太出神地想著，拿火柴的手不停地發抖，直到火苗燙疼了手指。她感到自己受到了虐待，受到了恐懼的威脅，一種疲勞困憊的感覺向她襲來。

米利亞姆終於離開了她的家。第二天，米勒太太整整在床上躺了一天。新的一天來到了。雲消雪霽，外面的天氣如同春天一般溫暖。米勒太太打開房門，走進了街上那間久違的雜貨鋪。

她買了六支白玫瑰，又買了一隻玻璃花瓶，預備代替米利亞姆臨走時打碎的那只；還買了一袋糖漬櫻桃，以及杏仁蛋糕……盡是些米利亞姆喜歡吃的甜食，那天晚上她還死乞白賴地想要米勒太太端給她吃呢……為什麼會買這些東西，連米勒太太自己都覺得匪夷所思。

那天傍晚整五點時，門鈴響了。門外的是米利亞姆。只見她懷裡抱著一個法國玩具娃娃，還拖著一個碩大的箱子，那裡面裝的全是她自己的衣服。

「我這次來，是想和你住在一起。哎呀，你還給我買了糖漬櫻桃！還有玫瑰花兒！還有杏仁蛋糕！真是太好了！我在這裡住著一定會過得很幸福的！」

米勒太太跌跌撞撞地沖出門去，叩響了樓下一戶人家的大門。來開門的是一個紅頭髮男人。她把他推到一邊，沖進了屋。米勒太太十分激動，大喊著控訴說一個奇怪的女孩子闖入了自己的房間，嚇得她實在沒辦法了，那個小女孩甚至還偷走了她的胸針。於是男人便走上樓去一探究竟，而他的妻子則陪著米勒太太靜靜地待著他們的家裡。

沒過多久，男人回來了。他頗為尷尬地說：

「那裡可是沒有人哪。」

你可真是個蠢貨。男人的妻子說。

米勒夫人回到了她的房間，卻發現房間裡根本就沒有什麼箱子，也沒有米利亞姆的身影，一切都沒有任何的變化：玫瑰花、蛋糕、櫻桃以及熟悉的傢俱……全都按部就班地擺在空曠家中。殯儀館似的房間裡沒有半點的生氣，就好像化石那般的冰冷，一片死寂。

假設米利亞姆依然蜷縮在那個沙發上面，房間裡也許就不會顯得那麼空曠可怕，那麼咄咄逼人。米利亞姆去哪裡了呢？米勒太太獨自一人居住在這個房間裡，自己一個人吃飯，一個人餵養金絲雀……她只有靠著自己，聊以殘生。她知道這點。

突然，她聽見了兩種聲音：鏡臺的抽屜一開一關的聲音，以及綢裙的窸窣聲。這時，米勒太太睜開混濁木然的雙眼。

「晚上好。」米利亞姆說。——

這個故事很短，就像才寫了三分之一似的。可也是這部精短的小說，面對了老女人的孤獨，並將這種孤獨情緒刻畫得淋漓盡致。

除此之外，卡波提也曾書寫過獨自一人從鄉下來到紐約生活的上班族的孤獨。我們每一個人，都曾產生過米勒太太那種孤獨生活幻想的影子。我們受它威脅，也得它寬慰。米勒太太是我，也是你。

失戀的那種孤獨，在新的情人出現時便會煙消雲散吧。

被友人背叛的孤獨，也會在新的朋友出現時一掃而空。

愛人先行一步的孤獨也是一樣，歲月和時光會成為治癒這種孤獨的良藥。一周忌、三周忌、七周忌……就像越揭越薄的薄紙一樣，這種痛苦也會日漸淡漠。

所有的孤獨，一旦好好看透了它們的原型的話，便會發現孤獨深處都存在有它之所以存在的原因。若是除去了那個原因，那麼作為那個原因所產生的結果的孤獨，便會自然而然地煙消雲散了。而只有衰老帶來的孤獨，其原因是和生命緊密相連的。也就是說，從出生時，孤獨就已經作為生命的內涵被包在其中，所以無以對抗。

說到逃避衰老的方法，那就只有一個：早逝。就算不是早逝，人們只有透過死亡這一條途徑，才能從衰老的侵蝕中解脫出來。

人生至死，衰老都如影隨形，我們無法做到讓它遠離生命、獨自開展旅行。總之，衰老是我們終其一生都無法甩掉的孽緣，是一種毫無治癒可能的病症。只有死亡，才能將這段孽緣從我們身上斬斷。

因此，對於衰老帶來的孤獨感，我們最好就像對待我們的衣物那樣，還是將它穿在身上吧。

就像平時穿衣服那樣，一旦我們習慣於穿上孤獨，我們就不會成為這種情緒的俘虜了吧。如果我們有一天忘記穿上它，就會發現我們也並不會為此而感到任何不自由，那時的心境就像赤身裸體一樣的自由自在。這也不是毫無可能的吧？

孤苦溫和的良寬之死

關於良寬的故事，我曾經在《手毬》這部小說中寫過。說起良寬，外界傳言他總是一天到晚地帶著手毬和孩子玩耍，還特別喜歡玩捉迷藏的遊戲。然而與此同時，他還是一位嚴格修行的得道高僧。

在他七十歲的時候，曾偶然遇見了一位不滿四十歲的名叫貞心尼的比丘尼。至今，世間還流傳著二人創作的無與倫比的相聞歌。

想忘的卻忘不掉，想來的亦來不了。
脈脈期冀君前來，卻未聞有腳步聲。
黃金遍地不為動，美玉傾城心不貪。
不及美人踏雪來，繾綣一笑賽陽春。
日夜望春數幾度，夢裡盼君幾回多。
待到春日喜相見，枯木回春綠草堂。
而今唯有憑欄畔，何日方能得夢圓。

庭前來去空無客，聊以吹雪寄相思。

良寬和貞心如此謳歌這熱情而溫暖的人間之愛，他們二人的戀情，正是柏拉圖式的精神純愛啊。

良寬此前在岡山縣玉島的圓通寺修行。回到故鄉新潟之後，他便獨自來到國上山的五合庵，或是乾脆把山腳下乙子神社的社務所當成草堂，一個人住在了那裡。五合庵只不過是山頂上的一座相當小的草堂，而他卻在那裡過上了隻身一人的生活。平日裡，他便下山去向村裡人化緣；下雪時，積雪封路無法下山，他便數日不吃不喝地在草堂裡睡覺。他在五合庵的生活大抵便是如此。

在和貞心尼邂逅時，恰逢他住在乙子神社的後期。後來，島崎村的富商——能登屋木村元右衛門在自己家中建造了一座草堂，良寬便住進了那裡。能登屋的家就安在鎮子的中心，和五合庵啦乙子神社之類的草堂相比，這裡的生活更加方便。可即便如此，良寬也沒給能登屋添麻煩，飲食起居也是自行處理。

良寬在自己的和歌中詠歎道：

岩洞田中一棵松，絕世獨立嘯西風；

驟雨疾來孤身應，唯有松傘做斗笠。

孤零零的一棵松樹獨自在雨中矗立著。單是看到這個場景，就會情不自禁地由木及人、從雨中松樹的孤單聯想到人類的寂寞情緒。在你我的心中，想必都已經深深體會到了詩作中所傳達的體恤之情、寂寥之意了吧。正因為他經久消受著平日裡的孤獨生活，這首詩作才充滿了體貼和溫柔的氣息。難道不是嗎？

他的體質絕對稱不上健康，甚至還經常生病。病中，他曾吟有如下詩句，聊以抒發寂寞之情。

老病纏身催人憐，夜不能寐不得眠。
四壁昏昏少生氣，暗夜漸深無二人。
燭火焰滅爐無炭，唯有淒涼共枕衾。
緣何如此未可知，只道我心意繾綣。
黑夜烏藤風影動，移步庭院尋夢茴。
眾星羅列禿樹花，遠溪流落無絃琴。
此夜此情誠難得，它時它晨對誰吟。

讓我們用現代語來試著把它翻譯一下吧。

身負病朽之軀，輾轉反側無以安眠；
夜深人靜之處，燈光炭火無以為繼。
寒意襲來，寂寞肆無忌憚，無處可逃；
扶暗起身，持杖信步閒庭，且聽風吟。
夜空群星璀璨，宛若枯木添新花；
彼處溪流潺潺，恰似無弦琴幽咽。
今夜孤愁意繾綣，待日說與何人聽？

這樣的寂寞，只會讓人後背發涼打寒顫吧。良寬能做出如此之詩，孤寂之心可見一斑。

最後得病的時候（據說可能是直腸癌），良寬飽受腹部激痛之苦，徹夜不得安眠。

庵外雪花紛飛，良寬悲歌作合：

黎明何時來？穢物滿衣裳。
若無女子淨衣物，誠恐黎明不再來。

良寬久病纏身，孤獨侵體，渾身沾滿了屎尿而不能自理。他只能守著這漫漫長夜，孤單地等待著黎明的到來。這首和歌，便將他此時此刻的悲愴之情表現得淋漓盡致，外人讀來，想必也會感同身受。這裡所說的女子，大概就是能登屋家的女傭吧。

在良寬臨終之前，貞心尼趕到他的床前侍奉左右，裡裡外外地悉心照料。

我想像著貞心尼照顧良寬時的樣子，在《手毬》中作了如下描寫。

——我幫良寬先生清潔了一下身體，這下他該安心了吧？請好好休息吧。隨後，我點亮了爐中的炭火，燒上一鐵壺水。熱氣騰騰的開水在鐵壺中吐著開心的泡泡。

臨近清晨的時候，我坐在牆角睡得迷迷糊糊。這時，良寬先生從睡夢中醒來，開口說：

「我的背脊涼涼的。」

我低頭一看，自己的被褥依然在肩膀的位置堅挺著，沒有一點縫隙。可即便這樣，他還是一再地說冷。

我突然明白了他的意思，便抱著被子來到良寛先生的床前，滑進了他的被窩。貼身而臥，我用自己的體溫溫暖著先生的背。我把右手搭上良寛先生的身體，儘量不給他施加負擔，而是溫柔相擁。他的雙腳像冰棒一樣冰冷，我便將它們埋在自己那小火爐般的雙腳之間，傳遞以熱量。

良寛先生舒適地享用著這一切，對我沒有任何拒絕的意思。

四周一片寂靜。縈繞耳畔的，就只有我們二人平靜的呼吸聲，鐵壺中熱水的咕嘟聲以及颼颼的松風聲。

良寛先生的呼吸和我的呼吸融為一體，仿佛待在這個房間裡的就只有一人。

「你覺得暖和些了嗎？」我詢問道。

「嗯，感覺背上有個小太陽，心情好極了。」

「既然這樣，那就睡一會兒吧，一直酣睡到天明。」

沒過多久，就傳來了良寛先生熟睡的呼吸聲，然後我們的呼吸聲又一分為二了。我悄悄地錯開身子，翻身下床。被窩外面竟然出乎意料的涼颼颼，凍得我不由得想要打個噴嚏，緊張得我連忙張開雙手捂住了嘴。——

自那之後，良寛先生又活了幾日。正月初六，他在別人的攙扶下端坐起身子，鄭重地迎接了死亡的到來。享年七十三歲。

在看過我所描寫的貞心尼的看護情節之後，一位八十二歲的實業家感慨道：

「我也想這樣被人照顧著迎接死亡。這般溫柔的貞心尼，正是我們這些孤獨老人的夢想啊。」

朝氣蓬勃地老去

一九九一年九月十五日的敬老日，我過總務廳統計局公布了老年人口推算值。根據資料記錄，截止到十五日，六十五歲以上的老年人口已達一五五三萬之多，占總人口比重的一二・五％，不管是人口數量還是所占比例均已創造了歷史新高。

同去年相比，老年人口增多了六五萬人，所占比例也提升了〇・五％。

五年前的一九八六年，老年人口總數一二八〇萬人，占比一〇・五％。老年人口的增長率直叫人瞠目結舌。

如果照這般態勢繼續增長下去，到二〇二五年（平成三十七年）將達到三一五一萬人，占比二五・四％，成為一個每四個人當中就有一位六十五歲以上老人的人口大國。

同外國相比，所占比例將遠超歐洲諸國。

瑞典　一七・八％

英國、丹麥　一五・六％

德國（舊西德）一五・四

法國　一四％

美國　一二・三％

屆時，以上各國將達到如此比例，而日本將與美國大致相同，在發達國家中相對較低吧。然而，日本的老齡人口增加率十分迅猛。瑞典歷時八十五年，才完成了老齡人口所占比從七％到一四％的蛻變；而相較之下，日本老齡人口所占比要達到一四％，預計只需要短短的二十五年。到二〇〇〇年左右，預計日本將超過瑞典，成為世界上老齡化水準最高的老齡化社會。

另外將男女分開來看，在老齡化人口中，女性所占比例更高。在八十五歲以上的人群中，男性有三七萬，而女性卻有八一萬，女性人數竟是男性的兩倍還多。

女性要比男性長壽得多。

如此看來，我們或許也可以這麼說，那就是女性體會衰老和孤獨的時間同時也會長得多。

去年（一九九〇年）一年之間，老人自殺者的數量多達六一四一人，其中男性二八九四人、女性三二四七人。在這方面，也還是女性的數量比較多。

老人自殺的動機有七五％是因為病痛。相對於家庭問題和經濟問題，病痛取得了絕對的勝利。

從這份統計資料來看，我覺得時下將六十五歲以上的人群稱為老人似乎有所不妥。

據說，用不了多久，現在的年輕人就不得不開始肩負起供養數個老人的義務了。如果將老人的定義至少定在七十歲以上，會產生怎麼的後果呢？理所當然的，退休年齡會延長至七十歲。

像政治家之流，不也有七十多歲仍在當政、指點江山威風凜凜的老人嗎？

現在人營養好了，老人的身體條件也變得相當不錯了，都在呈年輕化的發展態勢。槌球也不再是唯一能令老年人神魂顛倒的東西了。如今，在像我們這樣的自由職業中，也有六十五歲以上的老人仍在筆耕不輟地寫作的案例。

這其中也有一些頭腦遲鈍的老人，但和其他職業相比，我覺得年老昏聵者還算是少之又少的。

在我看來，就算是退休之後，與其在家被妻子說成是黏著人不放的濕落葉之類，倒不如趁著這個機會，試著投入到自己最想做的工作之中去，說不定還會就此找到人生的新意義呢。

孤獨的饋贈、自由

這是數年前，我在前蘇聯的絲綢之路上參加旅遊時候的事情了。令人吃驚的是，在這二十人的團隊中竟有四名六十五歲以上的老人。在這驕陽似火的八月，冒著五十度的酷暑熱風，這場旅行絕對不會輕鬆。能來參加這般殘酷旅行的人們，大家也算是別具用心，其中有個性的人也很多。在這之中，年齡最長的當屬T夫婦，他們一個七十歲、一個六十九歲。緊隨其後的是六十七歲的H太太。H太太在公司裡做了三十年的職員，退休之後又被盛情邀請去了另外一家公司從事會計工作。據說，她就是趁著換工作時間充裕才來參加這次旅行的。她看上去要比實際年齡年輕得多，是個高雅又可憐的銀髮職業女性。

T夫婦這一對，自從原先擔任過中學教師的T先生退休以來，他就立志要攀登日本國的一百座高山，而且在今年春天就已經完成了任務。為此，他便前來蘇聯參加絲綢之旅這個旅行，以作紀念。自從攀登百山開始，他的妻子就一直陪伴左右。

這種精神力氣，就連年輕人都得甘拜下風吧。儘管旅行中不斷有人生病，但這三個人居然連一次發燒都沒有過，也沒有拉過肚子，真是厲害。

H太太十年前失去了丈夫，雖然文靜，但卻絕沒有一點陰鬱的影子。每當前往一處，她的動作比誰都快，不論何事何物，她始終都持有一顆好奇之心。

一個晚上，在酒店露臺上仰望星空時，我曾與H太太徹夜長談。

「看著T夫婦兩人關係那麼好，真的好開心啊。說起來，這就是夫唱婦隨吧。T先生總是順著太太的想法，她想去做什麼便去做什麼，這樣的他好有大丈夫的風範啊。」

那個時候，我才第一次知道原來H太太是個寡婦。

「丈夫去世以後，我曾一度陷入悲傷不能自拔。風吹花落，雨臨鳥鳴，一切的一切都能讓我想起自己那早逝的丈夫。眼淚成詩，不能自已。然而在這期間，我突然意識到自己不知從什麼時候開始已漸漸變成了個老太太，簡直嚇了一跳。要是丈夫還活著，恐怕他也會討厭這般難看的自己吧。於是，我在那天去燙了個頭髮，然後把頭髮染成了紫色，最後又去精品店買了一身新衣服。隨後我又報了個旅行團，前往丈夫喜歡的印度玩了一圈。打那以後，我就跟著了魔似的，帶著丈夫的照片一起，報團去了他生前喜歡的許多地方旅行。比如說中東、近東，中國，絲綢之路等等。」

我有三個孫子。丈夫去世以後，我便一個人搬進了公寓開始了單身生活。孩子們都相繼成立了自己的小家庭。作為婆婆，我覺得自己十分辛苦，所以不想再讓兒媳婦為我操勞了。」

H太太一邊這麼說著，一邊指向星空中那些不知名的星座，將它們的名字一個一個地介紹給我聽。

「那都是我從我家先生那裡學到的呢。度蜜月的時候，他指著那些星座講給我聽，我當時就在想，能夠嫁給這樣的一個人真是太幸福了。我們倆當時差不多算是相親結婚了。他也曾參加過戰爭，不過最終還是平安歸來了……就算到了老年，我也從未有過如此的自由和精神上的富足。就算哪天我終歸會走上黃泉之路，但只要能和丈夫相見，對我而言死亡也便不足為懼了。如果相見了，我便會帶上精心記錄的旅行日記，將這其中的風土人情以及旅途軼事講給他聽。」

馴養孤獨。在旅伴身上發現了這點，對於她的那種豐富心境，我也是受益良多。

啊，是嗎？你也報團參加了新春裡的印度巡禮之旅？真是不錯呢。

現在的佛跡之旅，旅遊局的配套服務也都做得很好了，酒店也做了相應提升，旅行會變得輕鬆歡樂很多。我一般每年都會去重走一番，而且每次都會發現可喜的變化，真是讓人瞠目結舌呢。只有水卻是絕對不能喝，就連酒店的水也不行呢。冰也不行，只要遵守了這一點就不會發生腹瀉的情況了。

在覺得孤獨寂寞難耐時就去旅行吧。這比什麼都管用。

在旅途中，大自然會溫柔地包容起你那寂寞的心靈和疲勞的身體，不僅可以調節心情，說不定還能邂逅意想不到的緣分和好友。不管是誰，我都會強力推薦。寂寞的時候就去旅行吧。

難道你不認為，孤獨和自由是同義的嗎？只要你喜歡，隨時隨地都可以開始一場說走就走的旅行。孤獨最美好的饋贈，就是自由啊。

那麼，請慢走。旅途歸來之後，還請再來庵裡詳聊。

路上注意安全。祝你一路平安。

人生顧問 282

不再討厭的孤獨

作　者—瀨戶內寂聽
譯　者—呂　平
主　編—王瑤君
編　輯—謝翠鈺
行銷企劃—曾睦涵
封面設計—陳冠愉
美術編輯—吳詩婷
製作總監—蘇清霖
董 事 長—趙政岷
總 經 理—
出 版 者—時報文化出版企業股份有限公司
10803台北市和平西路三段二四〇號七樓
發行專線—（〇二）二三〇六六八四二
讀者服務專線—〇八〇〇二三一七〇五
（〇二）二三〇四七一〇三
讀者服務傳真—（〇二）二三〇四六八五八
郵撥—一九三四四七二四時報文化出版公司
信箱—台北郵政七九～九九信箱
時報悅讀網—http://www.readingtimes.com.tw
法律顧問—理律法律事務所　陳長文律師、李念祖律師
印　刷—盈昌印刷有限公司
初版一刷—二〇一七年十月二十日
定　價—新台幣二八〇元
行政院新聞局局版北市業字第八〇號
（缺頁或破損的書，請寄回更換）

時報文化出版公司成立於一九七五年，
並於一九九九年股票上櫃公開發行，於二〇〇八年脫離中時集團非屬旺中，
以「尊重智慧與創意的文化事業」為信念。

國家圖書館出版品預行編目（CIP）資料

不再討厭的孤獨 / 瀨戶內寂聽作 ; 呂平譯 . -- 初版 . -- 臺北市 : 時報文化 , 2017.10
面 ;　公分 . -- (人生顧問 ; 282)
ISBN 978-957-13-7145-0(平裝)

861.67　　106016107

ISBN 978-957-13-7145-0
Printed in Taiwan